für nicole

meine schöne schwester
ekaterina heider
kurzgeschichten

edition exil

ekaterina heider: meine schöne schwester
kurzgeschichten, edition exil, wien 2013
isbn: 978-3-901899-60-7

herausgeberin und lektorat: christa stippinger
layout und grafische gestaltung: sebastian menschhorn
korrektorat: eva auterieth

ein projekt des vereins exil im amerlinghaus
in kooperation mit dem verein kulturzentrum spittelberg

gefördert von:

inhalt

rosarote träume

in meinem bauch wächst ein kind. nun sind es dreizehn wochen. nachdem mir mein arzt gestern meinen bauch mit durchsichtigem zeug vollgeschmiert und ihn abgetastet hatte, gratulierte er mir mit einem breiten lächeln und teilte mir mit, dass alles in ordnung sei.

„und sie ernähren sich auch gesund?"

ich nickte, ohne ihm von meiner petersilien-kur zu erzählen.

„alles in ordnung." dabei schossen mir tausende bilder von kuschelweichen söckchen und hellblauen, voll gesabberten kinderdecken durch den kopf.

dieses ding, das sich parasitenähnlich in meinem körper eingenistet hat, lässt mich nicht mehr los. selbst, wenn ich mich zum kotzen auf dem klo einsperre, fühle ich mich beobachtet. von innen.

philipp freut sich natürlich wie ein wahnsinniger, streichelt ständig an meinem bauch herum und wiederholt zum zehnten mal, dass er immer schon kinder haben wollte. eigentlich sollte er schwanger sein, nicht ich.

ich habe aufgehört, meine haare zu färben, und mein blonder haaransatz ist schon über drei zentimeter lang. philipp beobachtet mich im bad, während ich eine dünne haarsträhne meiner stirnfransen nach oben ziehe und mir dabei ein lineal gegen die kopfhaut presse.

„was machst du da?", fragt er erschrocken. er hat angst, dass ich durchdrehe und redet sich im selben moment ein, dass ein solches verhalten während der schwangerschaft ganz normal sei.

„das baby frisst mich auf", sage ich, setze mich an den badewannenrand und putze mir mein zahnfleisch blutig.

meine freunde sind nicht mehr dieselben.

„darf man das überhaupt, wenn man schwanger ist?"

„iss das lieber nicht, das schadet bestimmt dem baby!"

„wie bitte, du trinkst?"

alltägliche dinge verwandeln sich plötzlich in hochgiftige tinkturen, wenn du ein kind erwartest. selbst, wenn du es eigentlich gar nicht erwartest.

sogar um zu rauchen, muss ich mich verstecken. wie eine rebellierende fünfzehnjährige vor ihren strengen eltern.

als ich nach hause komme, sitzt philipp schon wieder am computer und liest sich durch irgendwelche mutter-kind-foren mit pastellfarbenem hintergrund, in denen ständig werbung für penaten aufleuchtet.

mit den fingern noch an der tastatur, dreht er sich zu mir rüber, lächelt, und ich versuche, dasselbe zu tun.

ich bin ständig müde. philipp bringt mir lauwarmen kräutertee ins bett, obwohl er weiß, dass ich ihn hasse. ich mache zwei schlucke und stelle ihn am nachtkästchen ab.

philipp steht noch im bad und erzählt irgendwas von irgendwelchen leuten, um nicht schweigen zu müssen. unter der warmen decke lege ich mir beide hände auf den bauch und spreche in gedanken zu meinem kind.

bitte, sage ich. bitte, bitte stirb.

meine schöne schwester

irgendwie hat sie alles. immer alles bekommen.

früher hunde und hasen und bessere noten und schönere brüste, die man nicht als flachland bezeichnete. und keine akne.

und später einen besser bezahlten job, eine hellere wohnung, altbau, eh klar. und weniger seitenspeck, und einen besseren mann und ein ruhigeres kind. ein mädchen. hätte eigentlich ich kriegen sollen. statt dem bengel hier, der sich nicht einmal die haare wachsen lassen will, und hello kitty uncool findet. ich hätte die zeit, wo er sich über die rosa jäckchen und mützen mit katzenohren noch nicht beschweren konnte, wohl mehr genießen sollen.

jetzt, ständig irgendwelche autosachen und nintendos und „puppen sind was für mädchen."

musste ich alle meiner nichte schenken, die puppen. zehn stück, nicht eine davon ausgepackt. und meine schwester nahm sie, mir einen bemitleidenden blick zuwerfend, so als würde sie mir einen gefallen tun.

undankbare sau.

„geschenk", sagte ich. und später „er wollte sie nicht haben." und jetzt spielt wahrscheinlich diese kleine göre mit den puppen meines sohnes. das geht alles auf die schwester zurück, ich sage ja, sie hat alles bekommen. bekommt immer alles, selbst von mir. ich hätte die puppen eigentlich auch wegschmeißen können, aber so bin ich ja nicht. ich, immer nett, immer da, immer da, wenn sie mich braucht. wir sind ja schwestern.

und selbst bei ihrer hochzeit musste ich komische sachen reden und noch komischere tragen, und als dank dafür, dass ich stundenlang in diesen beschissenen stöckelschuhen herumlaufen musste, wollte sie meinen sohn nicht einmal als blumenmädchen haben. er wollte auch nicht, aber ich hätte ihn sicher überreden können. wie bei diesem prinzessinnen-make-up bei den kindertagen am rathausplatz.

„wenn du das foto online stellst, bringe ich dich um", sagte er.

habe ich nicht gemacht, aber in meine geldbörse gegeben, ganz vorne hinter diese durchsichtige folie. seitdem fragt er mich nie nach geld, wenn seine freundin da ist.

heute hat sie uns zum essen eingeladen. indisch, gemüsecurry, weil sie sich ja vegetarisch ernährt, und *in* und *nachhaltig* und so *moralisch korrekt* ist. hoffentlich muss ich nicht kotzen.

während die tür aufgeht, drücke ich ihr die weinflasche in ihre schönen, überhaupt nicht rauen, neutrogena-style-hände und sage

„da … nke für die einladung."

zwinge mich zum lächeln und stoße meinen sohn in die seite, damit er auch nett schaut. und erinnere ihn gleichzeitig daran, dass er das, was ich über meine schwester „immer rede" nicht erwähnt, wie beim letzten mal. sondern am besten nur schweigen, nicken und hin und wieder lächeln soll.

wie immer präsentiert sie uns ihren straffen arsch in engen leggings, von cellulite keine spur.

nein, sie hat nicht zugenommen, sagt sie.

selbstbewusste sau.

sogar in so ein indisches hemd hat sie sich gequetscht. voll orientalisch und öko und so, mein gott.

„hübsch", sage ich.

später sehe ich meinen schwager, mit einem dreitagebart, in hemd und krawatte, wie immer perfekt. schöner mann. hätte eigentlich ich kriegen sollen. ein paar sätze wechsle ich mit ihm, über dies und das. saunabesuche. neue unterwäsche. das übliche. ich soll ihm nicht zuzwinkern, sagt meine schwester, nachdem er mit weit aufgerissenen augen meine hand von seiner brust entfernt hat und ins arbeitszimmer verschwunden ist.

eifersüchtige sau, die.

und das wohnzimmer ist schön und hell und sauber und „geschmackvoll eingerichtet", wie mein blöder sohn sagt und später, schmunzelnd „nicht wie bei uns". arschloch.

und die nette graue katze, die weder haart noch scheißt, murrt ein bisschen und kuschelt sich irgendwohin, wo sie niemanden nervt oder kratzt.

und die glänzenden, saftigen blätter der pflanzen, die staub nie gesehen haben, fast alle wild am blühen, erinnern mich an meinen vertrockneten orangenbaum, bei dem es mir schon fast peinlich ist, leuten immer wieder zu sagen, dass er eh noch nicht tot ist. und sie zu fragen, wie sie überhaupt darauf kommen.

und dieser birkenholztisch, und die stühle, denen nie ein bein fehlen könnte und die frischen blumen in der vase. ich lächle wieder, weil ich nett bin. und frage sogar, wie es ihr geht.

sie fragt, was wir denn trinken wollen. und es gibt apfel- trauben-, orangen-, birnen- und karottensaft. und cola, eistee, guten wein und bier. wasser mit und ohne kohlensäure, und aus der leitung, wenn wir wollen.

„bei uns gibt's nur das aus der leitung, alles andere würde mich gerade irgendwie ein bisschen überfordern, glaube ich", sagt scherzhaft mein verdammter sohn, den ich nie wollte.

„bier. zwei. bitte", sage ich. jetzt wirft sie mir denselben blick zu, wie bei den puppen damals, mir egal, sie bringt mir die getränke trotzdem. das eine bier trinke ich auf ex. kein wunder bei dieser peinlichkeit von familiärer angelegenheit. und dann bringt sie uns den fraß und ich ess ihn halt und sie auch und mein sohn sowieso, der stopft eh alles rein.

meine schwester lächelt.

„voll lecker", sagt mein sohn mit halb vollem mund, mir einmal zu viel in den rücken fallend. es reicht.

„vooooooooooll lecker, alter, urgeil", äffe ich ihn nach. alle schweigen. gut so, sollte ihm eh peinlich sein. und ich stopfe mir das curry in den mund und sie sich zwischen ihre schönen, vollen lippen.

sie muss mir etwas sagen.

aha.

schaue mich um in der wohnung, sehe das bild, das sie von diesem eigenartigen maler mit verfilzten haaren bekommen hat. beiße kurz darauf auf etwas grünes, seltsam schmeckendes, kardamom, sagt sie. sah überhaupt nicht wie mohn aus, aber soll sie's halt glauben. es gibt einen grund für diese einladung, sagt sie.

denke ich mir ja, dieses scharfe irgendwas von orientalischem fraß kann ja wohl nicht alles gewesen sein. wahrscheinlich ist sie befördert worden oder bekommt ein kind, noch ein mädchen natürlich. oder will wieder für längere zeit verreisen, afrika zum beispiel oder wohin auch immer, das geld hätte sie ja. wie alles andere auch.

jetzt blickt sie irgendwie ganz undefinierbar. schweigt. schweigt länger, während mein sohn wie ein tier an dem trockenen brot knabbert.

„ich habe krebs", kommt es leise aus ihrem mund. danach trinkt sie langsam einen schluck wasser.

ich sage ja, sie hat immer alles. immer alles be- kommen.

mein bruder und ich

ich liebe meinen bruder. ich liebe es, wie er aussieht und ich liebe seine stimme. und manchmal, da liebe ich ihn so sehr, dass ich am liebsten er sein würde. eigentlich ist er nicht mein richtiger bruder, aber er findet, schon. in wirklichkeit hat ihn mein vater aus seiner ersten ehe mitgenommen. da gab es mich sozusagen aber noch gar nicht. höchstens als sperma. für mich ist mein bruder also immer schon da gewesen. für mich war er auch immer schon mein bruder, mit dem unterschied, dass er nicht der sohn meiner mutter ist, und das wusste ich ja schon immer. er sagt auch nie mutter zu ihr und irgendwo hat er eine eigene. eine gut riechende. eine schöne. ich habe sie zweimal gesehen, seine richtige mutter. einmal stand sie mit einem kaffeebecher in einer und ihrem handy in der anderen hand vor ihrem sauberen auto und ihr symmetrisches gesicht wirkte trotz der gestressten augen total schön. ich beobachtete sie aus dem fenster. sein gesicht hat er von ihr.

mein bruder ist fünf jahre älter als ich. er raucht heimlich gras in seinem zimmer und lässt seine unterhosen im bad einfach so auf dem boden liegen, anstatt sie in den wäschekorb zu legen. eine unterhose habe ich einmal geklaut, meine mutter schüttelte heftig den kopf, als sie mich mit dieser im bad sah. zehn minuten später standen wir gemeinsam in der küche und sie flüsterte mit angewidertem gesichtsausdruck „er ist dein bruder." dieser gesichtsausdruck wird mir nie wieder aus dem kopf gehen. ich ging schnell an ihr vorbei und in mein zimmer, wo ich lange laut in einen polster weinte.

in der schule gibt es auch schöne jungs, aber keiner ist so schön wie er. mit ein paar aus meiner klasse habe ich sogar geknutscht, immer auf irgendwelchen partys, aber dabei unabsichtlich nur an meinen bruder gedacht. als ich das meiner besten freundin erzählt habe, meinte sie, ich sei total pervers und sollte zum psychologen. obwohl er ja gar nicht mein richtiger bruder ist. aber irgendwie schon. und irgendwie versteht das niemand.

seit monaten schreibe ich kurze notizen und lege sie ihm auf den schreibtisch, während er nicht zu hause ist.

du bist das schönste.

war die letzte.

ich habe mich oft gefragt, ob das vielleicht nicht richtig sein könnte, aber ich kann wirklich, wirklich nichts gegen diese gefühle tun. ich weiß nicht, ob unser vater davon weiß, aber zumindest tut er so, als täte er es nicht. er könnte die vorstellung nicht ertragen, dass seine kleine tochter seit monaten versucht, seinen kleinen sohn zu verführen. für eltern sind ihre kinder ja immer klein, selbst wenn sie schon dreißig sind.

zum abendessen sitzen wir immer alle gemeinsam an einem tisch und reden über die aktuellen geschehnisse. über den alltag. die schule. die arbeit. über das essen. diese gespräche höre ich nicht wirklich. weil mein bruder immer neben mir sitzt und ich mich unwillkürlich nur auf seinen atem konzentrieren muss. auf sein lachen. auf seinen geruch. und wenn ich es nicht mehr aushalte, lege ich meine hand auf seinen oberschenkel. und er nimmt sie, sanft, und gibt sie wieder weg. früher war er immer böse, meiner gefühle wegen. einmal fand ich sogar eine nachricht an meinem tisch auf der

du bist crazy

stand. aber ich glaube, mittlerweile versteht er ein wenig, dass ich nichts dafür kann. dass ich nun mal so fühle. in den letzten wochen war er eigentlich sehr nett zu mir. einmal lächelte er mich an. einmal brachte er mir sogar kaffee ins zimmer. und einmal stand er abends oben ohne vor meiner zimmertür, um mich nach einem ladegerät zu fragen, wobei ich ihn nur anstarren und die darauffolgende nacht nicht schlafen konnte.

über meine mutter sagt er, sie wäre frustriert. das kann ich nicht einschätzen, weil ich sie nur so kenne und nicht weiß, wie sie wäre, wenn sie nicht frustriert wäre. ich könnte sie das auch nicht fragen. ich könnte sie vieles nicht fragen. heute saßen wir am tisch und redeten über den urlaub, den wir im sommer vielleicht machen werden, am meer, wir vier. und mutter erwähnte, so nebenbei und mit einem lächeln, dass mein bruder und ich selbstverständlich in getrennten zimmern schlafen würden. privatsphäre und so. in wirklichkeit hat sie angst.

auch jetzt schlafen wir in getrennten zimmern und dennoch schaffe ich es manchmal nicht, nachts nicht zu ihm zu gehen. ich lege mich manchmal zu ihm ins bett. wenn er aufwacht, schimpft er mit mir und meint, ich soll verschwinden. wenn nicht, schleiche ich mich wieder aus seinem zimmer, bevor er aufwacht und gebe ihm davor einen kuss auf die wange, auch wenn ich viel lieber mit ihm gemeinsam aufwachen würde.

und während meine mutter so sprach, vom schönen wetter, vom guten essen, von sandstränden, legte ich langsam, während ich versuchte meiner mutter zuzuhören, meine hand auf sein knie. und mein bruder tat nichts. er ließ sie dort einfach liegen und ich konnte mich nicht mehr bewegen, nicht einmal zwinkern und saß mit aufgerissenen augen und halboffenem mund da, mit meiner hand auf seinem knie. nach dem essen ging ich in mein zimmer ohne ihn einmal anzusehen. ich traute mich nicht.

als es schon dunkel war, lag ich im bett, konnte lange nicht schlafen und dachte an sehr viele dinge. und gegen drei uhr ging ich, trotz der angst, wieder verjagt zu werden, so leise ich konnte in sein zimmer, stand da und sah, wie er im bett lag. seine augen waren geschlossen. und ich legte mich fast lautlos zu ihm und zog ganz wenig decke über mich und ich fühlte seinen körper an meinem körper. ich konnte hören, wie er atmete. und mein bruder sagte, aus dem nichts

es ist okay.

dann legte er seinen arm um mich und berührte meine brüste. das war ein unbeschreibliches gefühl und ich konnte es mir nicht verkneifen und sagte, dass ich ihn liebe.

ich lag mit geöffneten augen da und hörte jedes geräusch im raum, bis ich irgendwann einschlief, als es schon hell wurde.

und als heute früh meine mutter im zimmer stand, im bademantel und mit offenem mund und mich ansah, genauso angewidert wie in der küche, und ich daraufhin meinen bruder, und er mich, schmunzelnd und mit seiner großen, warmen hand auf meinem bauch.

in diesem moment wusste ich, wir werden gemeinsam alt.

angst um michael

michael hat angst. seine angst ist so groß, sagt er, dass er sie am liebsten essen würde.

ich würde mitessen, wenn ich könnte.

wir gehen immer zu fuß. egal wie müde wir sind. egal wie weit der weg ist. michael hat angst, mit der u-bahn zu fahren. die menschen dort, flüstert er, sind echte zombies. er flüstert oft.

wir gehen, und wir gehen vorsichtig. man könnte schließlich ausrutschen und sich verletzen oder gar sterben, meint michael. oder sich etwas brechen und dann auf dem boden liegen und nicht mehr fähig sein, aufzustehen, und dann könnte jemand kommen und einen ausrauben, während man so hilflos ist und sich nicht wehren kann, schließlich fängt es schon langsam an dunkel zu werden.

wir gehen vorsichtig. wir gehen langsam.

michael und ich wohnen zusammen, er hat angst alleine zu sein. wenn er alleine ist, sagt er, bekommt er komische gedanken.

wir gehen die große straße entlang, da ist mehr licht. michael mag es nicht, durch dunkle gassen zu wandern, ich weiß schon warum.

wir gehen genau in der mitte vom fußweg, zu weit auf der rechten seite könnten eiszapfen auf unsere köpfe fallen und zu weit auf der linken sind die autos, vor ihnen hat michael auch angst. es gibt landesweit 35.129 verkehrsunfälle jährlich, da muss man schon aufpassen.

er bleibt stehen. er packt das fläschchen bachblü-ten-notfalltropfen aus seiner manteltasche und lässt etwas von der flüssigkeit in seinen mund rinnen. er hatte noch nie eine richtige panikattacke, aber er hat angst, dass er eine bekommen könnte. deswegen nascht er prophylaktisch hier und da von diesem zaubertrank. außerdem vertraut er auf natürliche mittel, vor echten medikamenten hat er angst. geht schon, sagt er, und wir gehen weiter.

michael isst keinen zucker, er hat angst vor diabetes. allein in österreich leiden nämlich 390.000 menschen daran, zu diesen will er auf gar keinen fall gehören. zucker macht ihn außerdem unruhig, sagt er mir jeden morgen, wenn ich den ersten kaffee trinke. das letzte mal als er welchen gegessen hat, war er unruhig. es ist lange her, aber er kann sich noch genau daran erinnern. michael vergisst selten.

es ist schwer, ihn zu verstehen, oder eigentlich unmöglich. wenn er nicht mein bruder wäre, würde ich es erst gar nicht versuchen, aber ich habe mich daran gewöhnt. ich gewöhne mich schnell.

wenn er nicht mein bruder wäre, denke ich, würden wir uns außerdem gar nicht kennen. michael hat angst vor frauen. nur vor mir und vor unserer mutter hat er keine. vor unserer mutter manchmal, aber vor mir nie.

wir biegen ab. ich müsste aufs klo, aber kann ihn nicht alleine lassen. mitnehmen geht auch nicht wirklich. wir gehen weiter.

ich zünde mir eine zigarette an, ich darf auf keinen fall den rauch in seine richtung blasen. michael hat angst vor krebs.

er mag es nicht, wenn ich rauche, aber wir hatten viele gespräche und er versteht, dass es okay ist, wenn ich rauche und er nicht. das gleicht sich aus, habe ich gesagt. harmonie und so. damit war er zufrieden.

ist der irgendwie gestört, fragen mich leute manchmal, und ich sage, nein er ist einfach anders.

michael malt gerne, ich kaufe ihm immer farben. wenn er malt, trägt er baumwollhandschuhe und einen mundschutz, er hat angst vor chemikalien.

wenn er malt, kann er alleine sein und hat keine angst. wenn er malt, stehe ich im badezimmer und rauche eine zigarette nach der anderen.

michael kann auch alleine sein, wenn die sonne scheint und er auf einer bank im stadtpark sitzt und die vögel beobachtet. vögel sind viel besser als menschen, sagt er. auf dem flohmarkt habe ich eine ente aus porzellan gekauft und ihm geschenkt. er hat sie mit seife gewaschen und dreimal desinfiziert. danach hat er sich sehr gefreut.

wir sind da, stehen vor dem haus. ich drücke auf die klingel, michael kann keine sachen angreifen, die andere menschen schon oft angegriffen haben.

im stiegenhaus hält er sich den ärmel seines pullovers vor mund und nase, er hat angst vor abgestandener luft. es riecht abwechselnd nach gulasch, gras und katzenpisse.

wir kommen in die wohnung. während wir uns die schuhe ausziehen, lächelt mutter nervös und fragt, welchen tee wir haben wollen. grünen, sage ich. gar keinen, sagt michael, und dann sieht er mich kurz an und sagt: doch, auch grünen.

in mutters wohnung sind alle vorhänge zugezogen und der boden ist sehr sauber.

auf dem küchentisch liegen ein paar kugelschreiber, eine tageszeitung und viele alte lottoscheine.

mutter schaltet den wasserkocher ein und stellt einen kuchen auf den tisch.

der ist zuckerfrei. extra für michael, sagt sie, schiebt den großen teller in seine richtung, und streichelt kurz aber sanft seinen rücken.

mutter hat angst um michael. sie hatte immer schon angst um ihn.

*

der himmel / trotzdem geht das nicht

ich bin verliebt in einen verheirateten mann.

ich flirte in verrauchten lokalen mit kellnern und bekomme bestätigung: ich bin attraktiv. der verheiratete mann will mich trotzdem nicht.

ich tue alles. ich esse abends keine kohlenhydrate, gehe jeden zweiten tag laufen und schreibe ihm manchmal ganze zwei wochen lang keine e-mails.

in meiner geldtasche befindet sich ein foto von ihm und wenn leute mich fragen, wer das ist, sage ich mit stolzer stimme „mein vater." manchmal sage ich noch „er lebt in england."

ich kann seit drei monaten an nichts anderes denken. in der arbeit fragt mich ein kollege, schüchtern, ob ich mit ihm essen gehen möchte,

„so date-mäßig... nein danke", antworte ich. er spricht mich nie wieder an. seitdem bin ich im büro „die arrogante schlampe". erzählt mir marlies. „stimmt", sage ich und bin mit meinen gedanken sogleich wieder bei ihm. während ich tabellen erstelle, während ich im kopierraum stehe und dem summen der geräte zuhöre.

ich weiß noch nicht genug über ihn, aber genug, um sagen zu können, dass das echte liebe ist.

ein mann mit einem tetrapackwein in der hand und schlechtem atem setzt sich zu mir, als ich auf die schnellbahn warte. ich erzähle ihm meine geschichte. und er erzählt mir seine. er hätte seine tochter verloren, meint er. und stattdessen nicht einmal eine frau gefunden. dann redet er noch von dem gemüseverkäufer am brunnenmarkt und von den prostituierten an der tschechischen grenze.

„so ein trottel aber auch, dass er dich nicht will. frau und kind, wer braucht das schon, wenn er so eine wie dich haben kann?"

später bin ich auf einer studentenparty. ich höre musik, zu der ich nie tanzen könnte, sehe viele fremde gesichter und einen kleinen tisch, an dem man bier gegen freie spende kaufen kann. alles uninteressante menschen. ein mädchen mit dunkelblonden haaren lächelt mir zu, ihr gesicht kommt mir bekannt vor, aber ich weiß nicht woher. lächle zurück, macht man ja so.

später, als alle besoffen sind, sieht ein junge in meinem alter die ganze zeit zu mir rüber. wäre er nicht in meinem alter, würde er mir gefallen, denke ich.

würde ich mit ihm schlafen, denke ich.

würde ich mit ihm eine beziehung eingehen sogar, denke ich, um den verheirateten mann eifersüchtig zu machen.

alle sind langweilig. verhalten sich so, wie man sich eben verhalten soll. sehen alle gleich aus. reden alle denselben mist. reden über

kunst. partys. drogen.

wie immer. ich stehe draußen, umgeben von stimmen und zigarettenrauch. er kommt auf mich zu. fragt *was ich sonst so mache.*

„na studieren", sage ich.

„medizin im dritten semester." nicke dabei. er riecht nach alkohol, beugt seinen kopf zu mir vor und versucht mich zu küssen. seine lippen sind warm und weich. langweilig. er ist mir zu jung.

zu hause schminke ich mich ab, werfe mein gewand auf den boden und liege, bevor ich einschlafen kann, lange im bett. ich denke an ihn. dann an ihn und seine frau. dann an ihn und seine frau im bett, sogar diese vorstellung liebe ich. ich liebe alles an ihm.

vaterkomplex hin oder her, die leute haben ja alle keine ahnung und ihre meinung interessiert mich nicht. vaterkomplex, mutterkomplex. wie auch immer, alles was zählt ist, dass er endlich begreift, dass wir füreinander bestimmt sind. ich verstehe schon, frau kind. gar nicht so einfach, aber das, was er von mir kriegen kann, können ihm diese zwei sicher nicht geben. ich tippe:

„lieber fremder, ich weiß, ich sollte mich nicht melden. ich sollte mich nicht melden, aber kann nicht. ich möchte ihren körper an meinem spüren." senden.

das macht ihn sicher geil, und wenn er mal geil auf mich ist, wird er vielleicht irgendwann auch gefühle für mich entwickeln. etwas anderes oder besseres fällt mir gerade leider auch nicht ein.

auf der betriebsfeier geht es ähnlich zu wie auf der studentenparty. ich trinke fast zwei flaschen wein alleine und erzähle marlies, stefan und bella, wie scheiße ich sie finde.

„scheiße. scheiße und nochmal scheiße", sage ich, dämpfe die zigarette auf dem tisch aus und torkle richtung ausgang. mein chef beobachtet mich dabei und grinst, als würde ihm das gefallen.

daran erinnere ich mich am nächsten nachmittag. meinen job kann ich jetzt wohl auch vergessen, denke ich, während meine wange auf der warmen klobrille liegt.

es vergeht eine woche. eine woche warten. eine woche posteingang. eine woche aktualisieren. aktualisieren. aktualisieren.

eine woche mit laptop im bett, in dem ich selbst nachts aufwache, um nachzusehen, ob sich etwas getan hat.

eine verdammte woche. sieben beschissene tage, in denen ich jeden tag laufen gehe, in der hoffnung einen so schlimmen muskelkater zu bekommen, dass ich nie wieder aufstehen kann und nicht mehr weiß, wer ich bin.

„als ich dich das erste mal sah, sah ich zum ersten mal den himmel. trotzdem geht das nicht."

ein poet. ein engel auf erden. ein licht in der fucking ferne. ein mann, zu perfekt für diese welt. stark und dennoch zurückhaltend. viel besser als gott oder christkind oder osterhase oder buddha.

„als ich dich das erste mal sah, sah ich zum ersten mal den himmel" geht mir nicht mehr aus dem kopf.

„trotzdem geht das nicht" ignoriere ich lange hartnäckig.

den himmel. ich bin der himmel. ich bin das erste mal der himmel. ich bin *alsichdich*. ich bin *daserstemal*.

trotzdem geht das nicht.

oft stelle ich ihn mir vor. beim essen. beim duschen. beim müll raustragen. und immer stelle ich mir seine hände auf meinen brüsten vor.

trotzdem geht das nicht.

als ich ihn das erste mal sah, hatte er einen dunkelgrünen pullover an. wie gern würde ich mich in diesen einwickeln, an ihm riechen, in ihm ertrinken.
ich stelle mir uns vor, wie wir gemeinsam urlaub machen. ein kind haben. ein leben. ein haus.

trotzdem geht das nicht.

als ich ihn das erste mal sah, trank er rotwein.
als ich ihn das erste mal sah, sah er mich auch.
als ich bella das erste mal nach seiner e-mail-adresse fragte, fand sie das eigen und es war mir egal.
als ich ihn das erste mal sah, war mir klar, ich werde nie wieder ich selbst sein. ich dachte zwei tage lang nur an ihn und sein rotweinglas und seine frau mit ihren roten haaren, die ihr auf die schultern fielen und an das bild, wie sie sie hochsteckte. ihre nägel, dunkelgrau lackiert und an ihrem finger ein ring, den ich ihr am liebsten von der hand gerissen und verschluckt hätte.

als ich ihn das erste mal sah, sah ich mich selbst zum ersten mal.

trotzdem geht das nicht.

origamitechniken

esse irgendetwas aus der mikrowelle. versalze es.
möchte kotzen.

sollte aufhören zu rauchen, sollte aufhören zu
denken. sollte origamitechniken erlernen.

versuche ein gemüsestück einzuordnen.

keine ahnung.

zerbreche mir den kopf. sollte wohl schlanker sein,
schlauer sein, schöner. sollte einer frau entsprechen, bin keine
frau, kein mädchen, bin irgendetwas undefinierbares eher.

sollte weniger bier trinken und wenn dann nicht
rülpsen, und wenn dann nicht laut.

sollte nicht auf die straße spucken schon gar nicht
urinieren. wie auch immer.

sollte meine achseln rasieren.

liege im bett. masturbiere heftig und lange. denke
an: die billaverkäuferin. meinen ex. die nachbarin und
ihren freund. mich selbst, schwarzes leder, handschellen,
japanische schulmädchen.

die türklingel. die hand zwischen meinen beinen.
wieder läuten. nicht gekommen. gehe zur tür.

ich sehe in den himmel, er ist eine einzige wolke.

hocke irgendwo zwischen menschen, die gitarre
spielen, dosenbier trinken und jonglieren. baue und rauche einen joint.

bin umgeben von flieder. rieche an ein paar blüten
– gar nichts.

höre den fernseher.
sitze auf dem badewannenrand. schneide mir die
zehennägel.
fühle mich alleinverlorenhungrigangespannt.
möchte entweder trinken, tanzen oder ficken.

ziehe mir socken an und rauche die sechsund-
zwanzigste zigarette.
blase den rauch aus dem gekippten fenster.
bin unzufrieden hier. gehe irgendwie in die falsche
richtung.
nicht das, was ich wollte, denke ich. überlege mir,
auszuwandern. schmunzle.
stopfe kleidung in die waschmaschine. presse
meine lippen zusammen.

telefoniere mit einem freund. finde ihn langweilig.

trinke bier. rede mit fremden. nehme eine serviette
und falte sie tausendmal.
sollte origamitechniken erlernen.
lasse mir etwas über kornkreise erzählen.
erzähle von meiner kindheit/all dem scheiß.
trinke bier. tequila. vodka.

sitze in der straßenbahn. ein hund versucht mein
bein zu vögeln. die besitzerin schaut verlegen.
denke an katzenbabys. löwenzahn. meine mutter.
den letzten winter. kornkreise.

tanze in einem club. bin verschwitzt.

lächle ein mädchen an. lade sie auf ein bier ein.
lege meine hand auf ihren arsch.

kokse mit ihr auf dem klo.

höre auf die musik. fühle die musik. bin die musik.
bin musik.

werde von einem typen angegriffen. werfe ihm
später ein bier ins gesicht.

sitze vor dem club. kotze.

trinke wasser. kotze.

sollte auswandern. sollte aufhören zu trinken,
aufhören zu denken. sollte aufhören zu kotzen.

sollte origamitechniken erlernen. keine ahnung.

steige ins taxi.

fahre mir durch die haare, schwitze. lecke meine
lippen ab. atme durch.

erzähle dem fahrer alles.

michaela

meine beste freundin heißt michaela. sie ist laut, lustig und viel schöner als andere menschen. sie hat hellrote haare und weiße, makellose zähne, wie man sie sonst nur aus zahnpasta-werbungen kennt. seit der ersten klasse gehen wir gemeinsam in die schule. solange sind wir schon befreundet.

wir schlafen oft beieinander und wenn sie neben mir aufwacht, nennt sie mich „sonnenschein". manchmal ziehe ich mit meinem kleinen finger mehrmals eine ihrer augenbrauen nach oder lege meine hand auf ihren bauch. er ist immer flach und meistens kalt. dabei reden wir über männer, mit denen sie schon geschlafen hat und trinken abgestandenen pfirsich-eistee.

bevor wir abends weggehen, zieht sie enge jeans an, tuscht ihre wimpern mit offenem mund und verwendet haarspray für seidig glatte haare. sein geruch erinnert mich an alles auf einmal.

auf partys trinkt michaela puren vodka auf ex und küsst fremde mädchen zum spaß. ich lache dann kopf-schüttelnd und mit verschränkten armen zu ihr rüber und hoffe, dass sie zurücklacht.

die liebe sei nur ein spiel, sagt sie. und dass ihr die männer nicht nur aus der hand, sondern auch aus dem bauchnabel fressen, wenn ihr danach ist.

wenn wir auf der straße gehen, legt sie manchmal ihren arm um meine taille oder gibt mir einen kuss auf den mund, um verheiratete männer, die ihr gierige blicke zuwerfen, zu verwirren.

„man kann eben nicht alles haben.", sagt sie dann immer und lacht frech. dabei sehe ich ihre makellosen zähne an und fühle mich irgendwie besonders.

schöne schuhe

hin und wieder versalze ich mein essen oder rauche deine zigarettenmarke, um dich wenigstens irgendwie bei mir zu spüren. dann weine ich meistens und höre musik, die du nicht magst.

morgens wache ich mit dem gefühl auf, dass ich keine zukunft mehr habe und nur noch vor mich hin vegetiere. ziehe mir dennoch stets schöne schuhe an.

ich möchte wahrgenommen werden. gehe stunden durch wiens straßen und atme heiße, trockene luft ein. verabscheue die leute um mich herum und genieße gleichzeitig ihre aufmerksamkeit. nicht ohne sonnenbrille und kaffeebecher in der hand. in der anderen: eine zigarette. ich versuche immer beschäftigt zu wirken. und wichtig. hoffe insgeheim, dir zu begegnen. und dich dann nicht zu begrüßen. und dich, falls sich doch ein gespräch ergibt, worüber auch immer, wissen zu lassen, dass es mir besser geht, als je zuvor. und deine freundin nur durch einen blick wissen zu lassen, dass du bald wieder mir gehören wirst. *und dabei nicht zu weinen.*

wenn man wegen einer anderen verlassen wird, ist es nur halb so schlimm, wenn sie hässlich ist. sieht sie aber gut aus, vielleicht sogar besser als man selbst, ist das wieder eine ganz andere geschichte. man will plötzlich unter keinen umständen etwas mit frauen namens patricia zu tun haben. egal wie nett sie sind, *man hasst sie alle.* und weil ich beschlossen habe, blonde haare auch zu hassen, färbe ich meine dunkelrot. seitdem sieht die badewanne immer aus, als hätte sich jemand das leben darin genommen. und es dauert tage, um die farbe von händen und stirn zu entfernen. manchmal trage ich handschuhe aus schwarzem samt und sage mir selbst, dass das stil hat. dabei ist es nur die farbe. sie frisst sich in meine haut, ähnlich wie die blicke, die leute einem zuwerfen, wenn sie wissen, dass man in einer nervenklinik war. für sie bleibt man dann immer verrückt, egal ob mit schönen schuhen oder ohne.

paul ist schön.

er hat schmale hüften und lange wimpern. er will sich immer mit mir hinlegen. wenn wir uns sehen, stehen oder sitzen wir kaum. wir liegen. und wenn wir liegen, liegt er immer in meinem arm.

paul hat bilder in seinem kopf. sie begleiten ihn immer, überall und wahrscheinlich lebenslänglich. in seinen bildern ist paul gefangen, aber wenn er in meinem arm liegt, ist er frei. wenn er in meinem arm liegt, ist er zu hause, sagt paul.

paul spricht leise und undeutlich. wenn ich mit paul bin, muss ich mich ganz allein auf ihn konzentrieren. dann gibt es nur mich und paul, meine wohnung um uns und sonst gibt es nichts.

paul sagt manchmal „ich liebe dich." ich kann nicht behaupten, dass ich ihn nicht liebe, aber ich glaube, die liebe zwischen mir und paul ist anders, als die liebe zwischen paul und mir.

mit anderen menschen spricht paul selten. meistens beantwortet er nur ihre fragen. paul und ich sind immer zu zweit. wenn andere leute dabei sind, fühlt er sich unwohl und wird verlegen. nicht wegen mir, aber wegen der anderen, ganz egal, wer diese anderen sind. wenn freunde mich anrufen und zu mir kommen wollen, brauche ich nur seinen namen zu sagen, um sie wissen zu lassen, dass das nicht geht. manche meiner freunde finden das eigenartig. ob paul freunde hat, weiß ich nicht. manchmal habe ich das gefühl, für paul gibt es nur mich. mich und meinen arm.

ich habe ihn in der josefstädter straße kennen gelernt. er stand dort, gegen eine mauer gelehnt und sah traurig aus. ich sprach ihn an und er war tatsächlich traurig. also nahm ich ihn mit nach hause, wo wir weißwein tranken, musik hörten und nicht redeten. dann lag er irgendwann als es hell wurde in meinem arm und ich streichelte sein haar und seitdem liegt er dort immer wieder.
das war vor ein paar monaten. paul sagt, wenn er mich nicht mehr hat, hat er gar nichts mehr.

ich habe paul nie nach seiner mutter gefragt. ich stelle ihm selten fragen, ich höre eigentlich nur zu, wenn er mal etwas sagen sollte, aber das passiert nicht oft. wir liegen ja nur.

in mir hat er eine mutter gefunden. das sagt paul nicht, das weiß ich.

wenn paul mich in unterwäsche sieht, sieht er mich nicht an. er schaut auf einen punkt an der wand oder legt sich beide handflächen auf die augen.

„du bist zu schön für mich", sagt er dann und lacht. dann ziehe ich mir etwas an und küsse seinen kopf.

ich weiß nicht, wie lange das zwischen uns so weitergehen kann, aber manchmal wünscht sich etwas in mir, dass das ewig so bleiben könnte. dieses etwas in mir kenne ich nur durch paul.

manchmal ruft er mich mitten in der nacht an. ich sage dann im halbschlaf „nimm dir ein taxi, paul, ich bezahle es, wenn du hier bist." dann schlafe ich wieder ein und werde eine halbe stunde später von der türglocke geweckt. nachdem ich ihn unten abgeholt habe, wärme ich noch im aufzug seine hände mit meinen und mache ihm später einen kakao.

im bett streichle ich pauls wangen, pauls hals und pauls schultern. dann schläft er ein, dann mein arm und irgendwann auch ich.

stefanie

ich bin ein einsamer mensch. ich bin mittelgroß. ich esse kein fleisch. ich kann nicht malen. ich schminke mich stark. ich glaube nicht an gott. ich habe keine freunde.

jeden morgen, wenn ich aufwache, setze ich mich raus auf den balkon, trinke schwarzen tee und rauche zwei zigaretten. jeden morgen werde ich dabei beobachtet. von dem fenster aus, das meinem gegenüber liegt. mein beobachter raucht immer zur gleichen zeit. er hat dunkelblonde haare und trägt meistens ein blau- oder rotkariertes hemd.

vielleicht hat er hobbys. vielleicht malt er ja gern. und morgens beobachtet er mich. und ich beobachte ihn. und hin und wieder zeige ich ihm kurz meine brüste.

dann dämpfe ich die zigarette aus und gehe wieder rein, um mich für die arbeit fertig zu machen. währenddessen frage ich mich manchmal, ob er vielleicht nur raucht, um mich zu sehen. diese sieben minuten mit mir zu teilen.

ich bin nicht besonders schön, aber ich glaube, mein beobachter findet mich nicht hässlich. seit einem jahr wohne ich hier. und er gehört dazu. hin und wieder, wenn er mich ansieht, läuft ein kind hinter ihm vorbei. wenn seine frau im selben raum ist, versucht er sein interesse an mir übertrieben zu vertuschen. er sieht dann plötzlich in die andere richtung oder fängt an, die tauben zu beobachten, die auf dem schornstein hocken.

seine frau ist schön und ihre wangen sind immer rot. wenn sie mich bemerkt, wirft sie mir einen skeptischen blick zu und schließt das fenster mit den heruntergelasse-nen jalousien. wenn sie mich oben ohne sieht, schüttelt sie dabei den kopf. ihr kopf ist der schönste von allen köpfen, die ich kenne. sie ist eine wirklich schöne frau. ich habe ihr den namen stefanie gegeben.

manchmal frage ich mich, was sie über mich denkt, was ihr lieblingsessen ist oder wo sie ihre unterwäsche kauft. ich würde außerdem gerne wissen, wie sie riecht und wie sie aussieht, während sie schläft. der gedanke, dass sie eifersüchtig auf mich sein könnte, weil ihr mann ständig meine titten sehen muss, löst unterschiedliche gefühle in mir aus.

wenn ich morgens in der arbeit ankomme, verliere ich mich oft in gedanken. in der arbeit ist immer wenig zu tun und niemand da, mit dem ich reden könnte. in der arbeit gibt es ständig belanglose gespräche, und die menschen dort trinken zu viel kaffee.

ich denke an meinen beobachter, seinen sohn, stefanie, und stelle mir vor, dass wir eine familie sind. wir drei und das kind. dass wir alle gemeinsam frühstücken, fernsehen und in einem bett schlafen, wir drei.

stelle mir vor, wie wir ruhig daliegen und stefanies mann meine brüste ansieht und ich ihr gesicht.

in der wohnung unter ihnen lebt ein jugendlicher mit seiner mutter. er sitzt meistens entweder mit dicken kopfhörern vor dem computer oder mit einer bong auf dem fensterbrett. er hört lauten punkrock und trägt nur schwarzes gewand. seine mutter kocht meistens essen, dessen geruch sich im ganzen hof verbreitet, telefoniert laut in einer sprache, die ich nicht kenne oder sitzt wei-nend in der küche.

abends putzt stefanie ihre schönen zähne. sie trägt einen bunten bh und den rest ihres körpers sehe ich nicht. ich trinke bier aus der flasche und sehe zu ihr rüber. währenddessen streichle ich mir unwillkürlich über die brustwarzen. sie bemerkt mich, noch mit der zahnbürste im mund, schüttelt den kopf und schließt das fenster.

sie hat einen schönen kopf. er ist der schönste kopf von allen köpfen, die ich kenne.

und die nächsten zwei stunden sehe ich nur jalousien.

*

phyllis

ich heiße phyllis. ich habe blonde lockige haare und trage täglich teuren, dunkelroten lippenstift. er ist lang anhaltend und, wenn ich aus einem glas trinke, hinterlässt er keine spuren.

ich schmelze dunkle schokolade und backe kekse, die niemand isst. ich spreche zu pflanzen und erwarte keine antwort. ich schnuppere mich durch parfümerien und finde in meinen manteltaschen zerknitterte papierstreifen.

offiziell bin ich glücklich. seit acht monaten habe ich einen festen freund. ich liebe ihn und er mich auch, offiziell. ich habe nur einen zu breiten arsch, aber das wär eh nicht so schlimm, sagt er. er heißt paul.

paul trägt cordhosen und spielt gitarre. er spricht wenig und trinkt gern bier. seine haare sind lang und er riecht immer nach selbstgedrehten zigaretten. das sage ich ihm nicht. ich sage nur:

„ich liebe dich", und

„ich habe gekocht."

und alle zwei monate sage ich:

„ich habe eine neue frisur."

ich bin oft allein und die tage sind lang. paul ist viel unterwegs. wenn er nach hause kommt, macht er sich eine buchstabensuppe aus der packung und schaut fern. und ich sage:

„ich liebe dich." dann geht er wieder.

ich treffe freunde und wir trinken gemeinsam kaffee. ich bestelle immer schwarzen. wir reden über unterschiedliche dinge und wenn sie lachen, lache ich mit. und mein lippenstift hinterlässt keine spuren auf dem glas.

manchmal sitze ich auf meinem zu breiten arsch und versuche zu meditieren. ich singe tibetische mantras und zünde aromatisierte räucherstäbchen an.

und dann sagt paul:

„du drehst noch durch."

er isst buchstabensuppe und riecht nach selbstgedrehten zigaretten. er öffnet das fenster.

„ich habe gekocht", sage ich.

jakob hasst mich

ich weiß, es muss sich etwas ändern.

ich weine viel. ich versuche mich abzulenken. ich stricke handschuhe und bastle pferde aus pappe. ich spaziere im wald und spreche auf weihnachtsmärkten mit fremden männern.

jakob hasst mich. irgendwann hat er mich geliebt und jetzt hasst er mich.

er hasst es, wie ich lache, er hasst es, wie ich gehe. er hasst es, wie ich meine blumen gieße. dinge, die er einst an mir liebte, haben ihn irgendwann zu nerven angefangen.

nicht, weil ich ihn etwa betrogen hätte.

sondern einfach so, ohne dass er in wirklichkeit etwas dafür kann.

anfangs faszinierte ihn meine unbekümmertheit, meine art den alltag zu bewältigen. heute kann er es nicht ausstehen, wie ich mich durchs leben treiben lasse. von einem job zum anderen lebe. immer irgendwie durchkomme.

seit einiger zeit bittet er mich, wenn ich eine packung saft aus dem kühlschrank nehme, mir ein glas zu holen, und wenn ich esse, geht er oft in einen anderen raum.

jakob macht mir keine geschenke mehr. das geht jetzt schon seit vier monaten so. vor ein paar wochen habe ich mir so wirklich schöne unterwäsche gekauft, sogar einen perfekten bh gefunden. und als ich diese anhatte, und sonst nichts, ist sie ihm nicht einmal aufgefallen. halbnackt lief ich durch die wohnung, in der hoffnung, er würde mich bemerken, bis ich mich irgendwann auf den teppich im wohnzimmer setzte und anfing die decke anzustarren. jakob schaltete den fernseher aus und ging ins badezimmer, wo er die nächsten 43 minuten blieb. im liegen lauschte ich dem rauschen des wassers. irgendwann kam er, mit einem handtuch um die hüften, hob mich von dem weichen teppichboden und trug mich ins bett, ohne etwas zu sagen. danach legte er sich neben mich, drehte sich zur wand und schlief ein. diese geste der aufmerksamkeit wird mir für die nächsten wochen reichen, dachte ich.

jakob hasst mich. wenn ich während telefongesprächen lache, sagt er „sei still", und dreht den fernseher lauter, und wenn wir gemeinsame freunde treffen, macht er sich vor ihnen über mich lustig. letztens erst erzählte er, dass er mich mitten in der nacht ins bett tragen musste, weil ich nackt auf dem wohnzimmerboden lag. „wie eine tote", sagte er. und als ich mich dann umdrehte und das lokal verließ, ging er mir nicht einmal nach.

einmal erzählte er seiner mutter am telefon, dass ich mich manchmal auf den boden schmeiße und weinend mit beiden armen seine beine umklammere, wenn er in die arbeit gehen will.

ich weiß, es muss sich etwas ändern. ich weine viel. ich versuche mich abzulenken. ich spreche mit fremden menschen auf der straße und verteile handgeschriebene gedichte in der u-bahn. ich nehme chemische drogen in clubs mit lauter elektronischer musik und tanze mit mädchen, die wesentlich jünger sind als ich.

so lerne ich natascha kennen. natascha hat piercings im gesicht und die schönsten augenbrauen, die ich je gesehen habe. sie lädt mich auf zwei bierdosen ein. sie fotografiert mich mit ihrem handy, während ich mit einer zigarette im mund und überkreuzten beinen auf einem bordstein sitze. sie lacht mich an, sie hört mir lange zu.

jakob hasst mich und jakob hasst jetzt auch natascha. als er sie das erste mal im türrahmen neben mir stehen sah, streckte er ihr zwar freundlich die hand entgegen, aber das tut er immer und bei allen außer bei mir. als jakob und ich später in der küche standen und natascha schon auf der couch lag und schlief, meinte er, ich wäre völlig krank geworden. was mir einfällt, irgendwelche mädchen mitzunehmen.

er war wütend. aber nachdem ich die nacht mit natascha auf der couch und nicht mit ihm im bett verbrachte, war er glaube ich traurig, zumindest verließ er die wohnung gleich in der früh, ohne mich anzusehen. vielleicht war er auch böse. aber eifersüchtig war er glaube ich nicht.

an diesem tag versuchte ich ihn siebzehn mal anzurufen. abends fing er an, viele sachen in einen großen koffer zu stecken, und als ich fragte, ob er verreisen würde und dann, ob er mich mitnehmen würde, schüttelte er wieder nur den kopf, presste seine lippen zusammen und berührte seine schläfen.

ich weiß, es muss sich etwas ändern. ich weine viel und natascha tröstet mich. natascha hat kleine ohren und schmale lippen. natascha hat alles, außer einem zuhause. sie zieht in unserer wohnung ein und ihr hund auch. ihre pflanzen und lampen würden nachkommen, meint sie.

dass jakob im schlafzimmer nebenan wohnt, stört sie nicht. es stört sie auch nicht, da mit hineingezogen zu werden. es stört sie auch nicht, dass ich mich in sie verlieben könnte. „ich könnte mich in jeden verlieben, weißt du", sagte ich.

natascha stört überhaupt gar nichts, hat sie gesagt.

jakob hasst mich. früher hat er mich geliebt und jetzt ist er angewidert. er hasst es, wie ich lache, er hasst es, wie ich gehe. wenn ich meine blumen gieße, schüttelt er den kopf. wenn ich versuche ihn zu küssen, oder wenn natascha es versucht, fragt er „wieso, wieso bist du bloß so gestört?" natascha schaut er dabei nicht an.

gestern habe ich ihn seit langem wieder weinen sehen. er saß auf dem bettrand und natascha und ich lehnten nackt an der schlafzimmertür, da sah er mich an und fragte, womit er das verdienen würde, und dann was aus mir geworden wäre. und dann sah er zum ersten mal natascha an und sagte

„los, mädchen, geh dir etwas anziehen."

jakob hasst mich. er sagt, er würde mich gern lieben, aber er kann nicht mehr. er kann auch nicht mehr bleiben, sagt er am telefon zu seiner mutter. er sagt, er *kann einfach nicht mehr.* dann redet er noch über psychosenähnliche zustände, andere ufer, drogengeschäfte und fremde menschen. ich weiß nicht, wovon er spricht.

jakob geht. natascha bleibt. jakob kommt nach vier tagen wieder und redet lange mit natascha. sie stehen beide im vorzimmer, während ich auf der couch liege und immer wieder die augen zusammenkneife, um die roten punkte hinter meinen lidern zu beobachten.

sie reden lange und sie reden hin und wieder laut.

natascha kommt ins wohnzimmer, packt ihre sachen schnell und wortlos und verlässt mich. bevor sie geht, küsst sie mich auf die stirn.

drei tage lang bleibe ich auf der couch liegen. drei tage lang esse ich nicht. irgendwann setzt jakob sich zu mir und sagt „wir schaffen das schon."

„wir schaffen das." immer wieder sagt er das, streichelt dabei meinen kopf und bringt meine stirnfransen ganz durcheinander dabei.

„hass mich doch nicht, jakob", sage ich.

„wir schaffen das", sagt er wieder und deckt meine füße zu.

ich weiß ehrlich gesagt nicht, was wir schaffen sollen, aber ich vertraue ihm, also wird er schon recht haben, denke ich.

küchentisch

tag 402:

ich liege auf der ausgezogenen couch und lese
ein kurzgeschichtenbuch über gefundene und verlorene
träume. geschichten über das leben. wie es so spielt. steht
auf der buchrückseite.

auf meinem nackten bauch steht eine schüssel
mit trauben. frisch gebadet legst du dich zu mir. dein
körper ist warm und riecht nach zu hause. dann lese ich
laut, weil du das magst, und lege dir hin und wieder eine
traube in den mund.

irgendwann schläfst du ein. ich küsse zuerst deine
handgelenke und später deine finger, die vom badewasser
noch immer ganz verschrumpelt sind, und flüstere leise
und mehrmals hintereinander, damit sich meine worte in
dein unterbewusstsein einprägen, dass ich dich umbringen
würde, wenn du mich jemals verlassen solltest.

tag 407:

wir liegen im bett und reden zuerst über den winter,
und später über das sterben. dann zählen wir die risse in der
decke über uns. ich strecke meine arme nach oben, gegen
diesen weißen, bröckeligen himmel. sehe meine hände an
und sage, dass sie schon ganz faltig geworden sind. und,
dass mein gesicht auch bald alt und faltig werden wird.

„rissig wie die decke."

dann sagst du, dass du dir dann einfach eine jün-
gere suchen wirst, wenn es so weit ist. und lachst. und ich
nach kurzem zögern auch./um nicht seltsam zu wirken./

ich bin manchmal seltsam, hast du schon oft gesagt. und ein paar mal, dass es dir nichts ausmachen würde.

wir sehen uns in die augen, küssen uns, haben sex und dann, später, sagst du noch, dass der eine riss, der sich vom fenster zum bücherregal zieht, wie ein drache aussieht. wie ein drache mit unterschiedlich großen nasenlöchern.

es regnet. ich gehe zum fenster.

„schön", schreibe ich mit meinem kleinen finger an die beschlagene fensterscheibe und sage dasselbe wort kurz darauf laut.

schön, schön. und dann, dass ich ohne dich sterben würde.

du antwortest nicht und ich verbringe die darauffolgende nacht damit, bedienungsanleitungen für küchengeräte zu lesen.

tag 419:

du stehst in der dusche, ich höre es bis ins wohnzimmer rauschen. ich soll das wasser in der küche nicht aufdrehen, zu kalt sonst. ich sitze auf der couch, eingewickelt in eine decke. trinke rotwein in großen schlucken, ohne das glas abzustellen. zu wenig platz auf dem tisch und zu groß der durst. dein handy liegt mir schwer in der hand, ich gehe die sms durch.

chef: „heute bitte schon um ¾ da sein. lg"

eine von mir lasse ich aus.

noch eine.

alina: „bitte nimm kaffee mit, der automat ist schon wieder leer. danke"

wieder alina. wieder ich.

mama: „vergiss die winterreifen nicht. bussi"

mama: *foto von ihrem hund mit roter haube.*

später wieder zwei von mir und eine von deiner mutter.

als ich den namen melanie auf dem handydisplay sehe, stehst du vor mir. fragst mich, *was ich da mache.* schüttelst den kopf und nimmst mir das handy aus der hand. ich schäme mich.

„dreh nicht durch", sagst du.

und später, dass du das nicht mehr lange mit mir aushältst, wenn meine eifersucht nicht aufhört. und meine wutanfälle, auf die wir dann nicht mehr genau eingehen.

ich gehe ins bad, kippe das fenster, setze mich auf den boden und rauche zwei zigaretten.

ich kenne keine melanie.

tag 422:

schon wieder wischst du mit einem frischen handtuch irgendetwas von dem dreckigen küchenboden auf. tomatensuppe.

du stehst im türrahmen, zwischen küche und vorzimmer, rauchst. ich nehme den feuchten stoff, der schwer auf dem linoleumboden liegt und werfe ihn dir ins gesicht. ein paar dunkle tropfen spritzen gegen die wand.

ich schreie. schreie irgendetwas mit *melanie* und *allesumsonst.* und wieder so etwas wie *deinescheißmelanie. immerdasselbe,* schreie ich, und *wasfüreinensinn.* und das alles schreie ich sehr laut.

diese beziehung frisst dich auf, sagst du irgendwann und leise und ich weiß, dass du es ernst meinst.

tage später wird mir klar, dass es sich doch nur um ein beschissenes handtuch handelte.

tag 423:

es riecht nach kaffee, intensiv. ein vertrauter, gemütlicher geruch. die sonne scheint durchs fenster, ich sitze auf dem küchentisch und weine. richtig laut, aus der seele heraus. wie kleine kinder, wenn man ihnen etwas wegnimmt. und die verdammt unglücklich aussehen. so, dass man sie einfach nur umarmen möchte. so, so sehr weine ich. ich, ein verdammt unglückliches kind. du möchtest mich nicht umarmen. ich soll von dem tisch runterkommen, sagst du. *seltsam bin ich.*

die nächsten zwanzig minuten verharre ich in dieser position, die handflächen gegen das gesicht gepresst. versuche mich zu beruhigen, mich zum schweigen zu bringen. bis keine tränen mehr da sind, bis meine schreie kein geräusch mehr erzeugen, laut- und zwecklos sind. ich nehme die espressokanne und schütte ihren inhalt langsam in einen blumentopf auf dem fensterbrett.

seltsam bin ich.

du gehst und ich höre den knall der tür noch ewigkeiten später, immer noch auf dem tisch sitzend. und immer wieder höre ich, *drehnichtdurch.*

tag 429:

du stehst vor der wohnungstür, die jacke noch nicht ausgezogen. hinter dir die tomatensuppenwand. siehst rein ins schlafzimmer. siehst mich, in unterwäsche. mit leicht geöffnetem mund erwidere ich deinen blick. berühre die innenseite meines oberschenkels, langsam, so wie du sonst. du wirfst mir als reaktion darauf einen blick zu, der mich realisieren lässt, dass ich ab sofort auch auf diese weise nicht weiterkommen werde.

„ich hab ein paar sachen vergessen", sagst du.

und dass du den rest nächste woche holst. mit angewinkelten beinen und auf dem rücken liegend sehe ich meine bestrapsten oberschenkel an und später, als du weg bist, stundenlang den drachen.

tag 432:

du willst mir nicht sagen, ob melanie schöner ist als ich.

„nicht so krankhaft eifersüchtig", sagst du. und dann, dass es dir leid tut. und dann, nach einer längeren pause, dass es sich im leben nun mal so ergibt. und wieder, dass es dir leid tut. und, dass weinen nichts bringt. und, dass ich doch bitte endlich von dem verdammten tisch runterkommen soll.

tag 436:

ich sitze auf dem küchentisch und weine.

tag 437:

ich sitze auf dem küchentisch und trinke.

tag 441:

ich sitze auf dem küchentisch.

brüche

ich habe angst vor meinen gedanken.

ich höre auf zu schlafen. ich nehme medikamente.

wenn ich abends im bett liege, denke ich an die faulenden äpfel in meiner küche oder stelle mir meine nachbarn nackt vor. manchmal denke ich auch an sehr unwahrscheinliche ereignisse. dass die decke über meinem kopf einbricht, zum beispiel. oder, dass ich aus dem nichts einen lottosechser mache. stelle mir dann meine reaktion darauf vor. frage mich, ob ich in dem fall wirklich so viel spenden würde, wie ich immer glaube. schließlich hört man von schrecklichen dingen, zu denen menschen plötzlich fähig werden, wenn sie mal an geld rankommen. woher habe ich die garantie, dass das bei mir anders wäre?

je länger ich im bett liege, desto skurriler werden meine gedanken. dann schalte ich das licht ein, richte mich im bett auf und schaue mich entweder lange im spiegel an der wand an, oder gehe in die küche und manche mir einen grünen tee, den ich noch im stehen trinke. wenn ich danach immer noch nicht einschlafen kann, rufe ich manchmal meine mutter an, und manchmal männer, mit denen ich gelegentlich schlafe.

mutter erzählt mir von ihrer einsamkeit und ich erzähle den männern von meiner mutter, meiner kindheit und meiner welt. sie sprechen von großer liebe und von ihren frauen und kindern, die sie jederzeit verlassen würden, für mich.

es ist ständig dasselbe. dieselben wörter, dieselben sprüche, immer dieselben menschen um mich. dieselben möglichkeiten, sich abzulenken. zwischen denselben möbeln und fernsehserien habe ich mich wohl verloren.

auf flohmärkten stehe ich hinter den tischen und erzähle meine lebensgeschichten. jedes mal eine andere. ich verkaufe bücher. ich verkaufe kleider. ich verkaufe körperwaagen und kuchenformen. dinge, die ich nicht mehr brauche.

ich steige in autos von fremden menschen, um mit ihnen über gott zu reden. (ich möchte erleuchtet werden!) ich besuche stunden für seniorengymnastik, um mir vor augen zu halten, dass ich noch jung bin.

meine freunde bekommen alle kinder, ich fühle mich einsam. ich kann mich nicht auf die vorlesungen auf der universität konzentrieren, weil die professoren alle so schön sind.

ich träume vom reisen. ich träume von affären mit verheirateten frauen. ich träume von hunden. ich träume von meiner kindheit. vom fallen. ich träume, dass man mir das gesicht abzieht und es durch ein anderes ersetzt.

ich wechsle meine jobs alle paar monate. ich trage selbst im sommer stiefel und verwende absichtlich zu viel make-up, um der welt nicht mein wahres gesicht zeigen zu müssen.

ich gehe zu öffentlichen gerichtsverhandlungen. ich gehe zu konzerten, für die man keinen eintritt zahlen muss. ich gehe zu ausstellungen. bin umgeben von verlorenen menschen.

ich möchte etwas besonderes sein.

wenn ich lache, dann immer laut und mit weit geöffnetem mund, glückliche menschen sind schöner. ich lache, wenn meine männer mir vorschlagen, mit ihnen wegzufahren. wenn meine mutter bei kaffee und kuchen mit traurigem gesicht von ihrem alltag erzählt, lache ich auch.

mutter weint oft. mutter wäscht selbst kleider aus seide bei 60°c und ihren kühlschrank putzt sie mit apfelessig.

mutter hat angst, dass ich mir das leben nehmen könnte.

mutter hat angst, dass sie sich das leben nehmen könnte.

mutter hat angst vor krankheiten.

mutter hat angst vor einbrechern.

mutter hat angst, dass die welt eines tages untergehen wird.

und ich lache.

der hund meiner nachbarin ist vor drei tagen gestorben. nachts haben wir ihn gemeinsam im garten vergraben. meine nachbarin weinte und nahm mein gesicht in ihre hände, die noch voller erde waren.

das erzähle ich einem mann mit braunen haaren, paul, während er auf mir liegt, und er stöhnt als antwort, dass ich das faszinierendste geschöpf bin, das ihm je begegnet ist.

und ich lache. nach dem sex weint er, ich rauche zwei zigaretten und gehe nach hause.

dort dusche ich länger als sonst, wobei ich meine eingeseifte kopfhaut so fest massiere, dass es fast wehtut. ich möchte meine gedanken sortieren, sage ich laut.

denke: hund. mutter. nachbarin. seine braunen haare. seine augen. sein geruch. wer ist er? wer bin ich? erde. ich unter der erde. ich wäre am liebsten ein hund. eine katze.

ich rufe mutter an. bereue es, nachdem sie auflegt. lege mich ins bett, mit noch nassen haaren. denke an zitronenkuchen.

bis mein telefon läutet. ein mann. ich bins, sagt er. ah so, sage ich und habe keine ahnung. überlege kurz. der blonde barkeeper vielleicht. er denkt an mich, sagt er. ich denke an rosinen, sage ich. du bist krank, sagt er. selber, sage ich und lege auf.

ich schneide mir vor dem spiegel kniend die haare und färbe sie schwarz.

mutter sieht mich und weint. meine immer noch trauernde nachbarin sieht mich und sagt danke.

ihre augen sind wie eine andere welt. einen tag später bringt sie mir kekse. sie sind noch warm.

ich lade paul, den mann mit den braunen haaren zu mir ein, möchte nicht mehr in hotelbetten liegen, möchte ihm vielleicht mein zuhause zeigen.

er kommt. er steht lange im wohnzimmer. er dreht sich langsam im kreis und ich denke, er liebt mich vielleicht, auch wenn ich nicht verstehe, warum.

ich schmiere mir ein brot, trinke wein aus der flasche, schneide mir die fingernägel. er sagt etwas zu meiner frisur.

und du liebst mich oder was?, frage ich.

ich vergöttere dich, sagt er und ich denke an äpfel.

an seine frau.

an meine mutter. und lache.

pat

seit ein paar monaten wohne ich in einer wg. hier ist es immer dreckig, meistens laut, und oft fühlt sich alles an wie in einem schlechten film.

agnes steht in der küche und kocht fertignudeln. nebenbei raucht sie eine zigarette, die sie immer wieder auf einem teller voller essensreste ablegt. alle zwanzig sekunden rührt sie die nudeln mit hastigen bewegungen und zwei stäbchen vom asia-imbiss um. ihr gesicht wirkt irgendwie eingefallen. wenn agnes zu lächeln versucht, sieht sie aus wie eine zeichnung, die jemand mit zittrigen händen gemacht hat. die stäbchen leckt sie immer wieder ab.

agnes ist ein mensch, der oft schreit und nie weint.

annika sitzt im schneidersitz vor dem spiegel im vorzimmer und schneidet sich mit einer nagelschere die stirnfransen. währenddessen klemmt sie immer wieder ihre zunge zwischen die lippen und kneift ihre augen zusammen. sie braucht veränderung.

ich hebe ihre haare vom boden auf, werfe sie weg und drehe den cd-player im wohnzimmer auf, der seit wochen dasselbe album abspielt. annika singt leise mit und wippt wie automatisch mit ihrem zierlichen oberkörper auf und ab. später sagt sie laut „scheiße" und „schief" und schneidet weiter.

pat liegt in schwarzer, durchsichtiger unterhose und mit gespreizten beinen auf der couch, streicht sich über die nackten brüste und richtet sich von zeit zu zeit auf, um einen joint zu drehen. hin und wieder setze ich mich zu ihr, ohne ihren körper zu berühren.

sie erzählt mir eine geschichte über den maya-kalender, dabei verstehe ich fast kein wort, nicke trotzdem immer wieder mit zur seite geneigtem kopf und weit geöffneten augen, und konzentriere mich dabei auf den geruch, eine mischung aus fertignudeln, gras, tabak und räucherstäbchen.

agnes kommt ins wohnzimmer, kippt das fenster und geht wieder. davor sagt sie „geh bitte", und das klingt so, als würde sie das nicht auf etwas bestimmtes, sondern auf alles mögliche beziehen.

„mach's wieder zu", sagt pat.

später heult steffi wegen ihrer misslungenen frisur, wegen ihrer liebe, die es nicht gibt, und wegen ihrer eltern die, wie sie sagt, ihre gesamte kindheit ruiniert haben. agnes bietet ihr dafür nudeln und pat einen zug von ihrem joint an.

annika meint, wie immer, sie hätte keinen hunger. wir alle wissen, dass das nicht stimmt, aber keine von uns geht genauer darauf ein.

agnes hebt einen pullover vom boden auf, riecht daran, verzieht ihr gesicht ein bisschen und lässt ihn wieder auf den boden fallen.

annika lackiert sich die fingernägel, bläst sie danach an und macht dazwischen handbewegungen wie jemand, der fliegen vertreiben möchte. ich sehe sie dabei an, pat berührt mich mit ihrem nackten fuß und deutet mir mit ihrem blick an, dass ich mich zu ihr legen soll.

agnes geht zur whiskeyflasche, die neben dem cd-player steht, trinkt ein paar schlucke daraus. annika flüstert etwas vor sich hin und sieht dabei ihre nägel an.

agnes geht ihre mutter treffen, sagt sie, und trinkt den worten noch 3 schlucke hinterher.

zieh dir was an, sagt sie noch und sieht pat an, worauf diese ihr eine dicke rauchwolke ins gesicht bläst.

agnes geht.

irgendwann schläft annika auf dem boden ein. ihre finger umklammern noch die nagellackflasche. ich stehe auf, hebe sie vom boden auf, um sie ins bett zu tragen, worauf mir pat einen undefinierbaren blick und zusammengepresste lippen zuwirft. annika ist unglaublich leicht, wie ein kind, und auf ihrem nachtkästchen befindet sich eine sammlung aus kuscheltieren und psychopharmaka. ich decke sie zu und drücke ihr eines der stofftiere in den dünnen arm, der von narben übersät ist, auf die sie niemand ansprechen darf.

dann gehe ich wieder rüber, wo pat mit einem holzlöffel die reste aus dem nudeltopf rauskratzt und mich anlächelt.

danach trinkt sie weißwein aus der flasche, wippt mit ihren füßen auf und ab und fängt an, ein lied zu singen. sie steht auf, nimmt meine hand, sagt „tanzen", und fängt an mich auszuziehen.

„weil ich auch nackt bin", sagt sie und wir tanzen. wir tanzen nackt und lange. bis sie wieder einen joint dreht. wir rauchen ihn gemeinsam und reden die restliche nacht über menschen, sex und liebe, die es, wie sie meint, nicht gibt. danach schlafen wir zum ersten mal miteinander, und als ich am nächsten morgen aufwache, weiß ich, ich muss hier weg.

luisa

ich bin in eine neue wohnung gezogen. es sind alle
möbel hier, die man brauchen kann. die frau, die vor mir
hier gewohnt hat, ist nach südamerika geflogen.

„sie wollte so schnell wie möglich weg", hat man
mir noch im stiegenhaus gesagt, als ich den schlüssel und
ein paar einweisungen bekommen habe.

in dieser wohnung werde ich entweder sechs oder
zwölf monate bleiben, danach kommt sie zurück.

„wer weiß, vielleicht bleibt sie auch für immer.
kann ich mir gut vorstellen", und

„ihr trau ich alles zu."

sie hat nur das nötigste mitgenommen. die woh-
nung ist voll von ihr. ihre kleidung, ihre bücher, ihre fotos.
ihre bilder auch, eine begabte malerin vielleicht, ich habe
keine ahnung von kunst.

nicht einmal den kühlschrank hat sie ausgeräumt.
in der gefriertruhe finde ich neben ein paar teigtaschen
und packungen mit kräutern ein hähnchen.

es ist sehr dick, kalt, hart und in eine plastikfo-
lie eingewickelt. ich weiß nicht, was ich damit machen
soll, also lege ich es, nachdem ich es so lange in meinen
händen halte, dass ich sie vor kälte kaum noch bewegen
kann, in einen schuhkarton und vergrabe es im garten.
unter einem strauch.

„möge die seele dieses tieres in eine bessere welt
gehen", sage ich mir lautlos vor, immer wieder. in eine welt,
wo es nicht eingefroren und plastikverpackt im gefrierfach
abenteuerlustiger menschen liegen muss.

ich tue es in der nacht, damit meine nachbarn sich nichts von mir denken. der, der mir den schlüssel gab, ihr vater oder onkel vielleicht, oder so ähnlich, meinte, ich soll mich am besten unauffällig verhalten.

„bitte nie laut sein, vor allem nicht nach zehn uhr, nicht im stiegenhaus rauchen, und ihre persönlichen sachen am besten einfach lassen, wie und wo sie sind."

ich brauche nicht viel platz, es macht mir nichts aus, dass ich in einem fremden haus, in einem fremden leben stecke. ich bin anpassungsfähig. lasse mich von den menschen auf den fotos anstarren, anlächeln, jeden tag. nehme sie nicht ab. lächle manchmal zurück.

ich bin zufrieden.

es gibt hier einen fernseher, darin werden unterschiedliche menschen gezeigt. sie streiten, putzen, essen und sitzen immer wieder in gerichtssälen.

im schlafzimmer liegen neben dem bett drei bücher auf dem boden. ich kenne keines davon, zwei sind signiert.

„für luisa"

„für luisa, alles liebe"

ich stelle sie mir vor, hinter diesen büchern, stelle sie mir vor, und denke an das tote huhn im garten.

anton kommt und hält mich stundenlang im arm, so wie ich das hähnchen, nur leichter und länger und sanft, so als könnte ich in seinen armen zerbrechen. währenddessen sehen wir uns eine dokumentation über pinguine an.

anton kommt und küsst meinen hals.

anton kommt und sein geruch wird tagelang in der wohnung hängen bleiben. er spricht mich auf meinen an und ich sage

„luisas parfum."

wer ist luisa, will er wissen und später, wo wir stehen würden.

„wo stehen wir eigentlich", fragt er in die stille hinein, ich höre sonst nur meinen magen knurren.

„vielleicht stehen wir ja nicht. vielleicht liegen wir", sage ich.

er geht. er geht und sagt davor noch, dass er den duft nicht mag. luisas duft. dabei klingt sein „luisas" so, wie ich glaube, dass das tote huhn im garten klingen würde, wenn es noch klingen könnte, auf irgendeine art.

ich fange an, luisas leben zu leben und es macht mir spaß.

ich koche mit ihren gewürzen und verwende ihr parfum, immer nur einen kleinen spritzer, damit es nicht leer wird, bevor sie zurückkommt.

ich ziehe ihre kleider an und stehe lange vor dem spiegel, betrachte mich darin von allen seiten. sehe mir ihre dvds an und weine bei manchen stellen. lese ihre bücher und frage mich, welche sie wohl am meisten berührt haben könnte.

luisa. je länger ich hier lebe, desto mehr habe ich das gefühl, ein teil dieser wohnung zu sein. ich mag das, hatte oft das gefühl, nicht ausreichend zu leben. jetzt lebe ich und muss mir keine grenzen setzen. sie werden mir vorgegeben. selbst hatte ich immer entscheidungsschwierigkeiten. wusste nie, was denken, was essen, was anziehen.

ich schreibe briefe, falte sie zusammen und lege sie auf das fensterbrett in der küche.

„liebe luisa, ich kenne dich nicht, aber..."

„ich weiß, du bist weit weg, aber..."

„wir sind uns noch nie begegnet, aber..."

„vielleicht hältst du mich für verrückt und vielleicht bin ich das ja auch irgendwo, aber..."

anton kommt und zeichnet mich, während ich nackt auf der couch liege.

anton kommt und öffnet eine flasche wein. irgendwann sagt er was von

„voll von ihren sachen" und

„nichts von dir" und

„du lässt dich wieder in eine schachtel verpacken, das ist gefährlich."

ich sage

„du verstehst das vielleicht nicht" und

„bitte geh nach hause."

er geht aber nur dann, wenn er es will, und nicht wenn ich ihn darum bitte.

deshalb hören wir laut musik, kochen und tun so, als wäre nichts gewesen. tun so, als hätten wir nicht jedes mal, wenn wir uns sehen, unnötige diskussionen über nichts und nichts und wieder nichts.

wir kochen. er kocht und ich tanze.

und ich tanze so, wie ich glaube, dass sie tanzen würde.

*

orte, die ich nicht kenne

es ist herbst. sonntag. ich stehe am bahnhof. eine frau neben mir redet mit sich selbst, sagt

„ohja, ohja, das geht schon", und dann redet sie noch über die finanzkrise und über eine petra, die ich nicht kenne, und darüber, wie schnell das alles gehen würde. als es anfängt dunkel zu werden, geht ein mann an mir vorbei, fragt „how are you, sexy?"

ich sehe meine füße an, denke an laura und gehe nach hause.

meine wohnung ist voller dinge, die mir nicht gehören. auf der küchenleiste stehen eine pfanne und vier töpfe. mein ehemaliger mitbewohner hat sie da gelassen, also stehen sie hier seit wochen herum, ohne verwendung.

hin und wieder überlege ich mir, sie in den müll-raum zu stellen, vielleicht braucht sie jemand mehr als ich. auch zwei pullover hat er in der wohnung gelassen, vielleicht damit ich noch irgendetwas von ihm habe. viel-leicht damit ich irgendetwas habe. einen davon trage ich seit fünf tagen, auch nachts ziehe ich ihn nicht aus.

manchmal, denke ich, bleibt mir keine zeit zu leben, zwischen den töpfen und pfannen.

immer wieder verbringe ich mehrere tage hinter-einander in der wohnung. nur die wände, die stille und ich. trinke tee aus gurkengläsern und gehe in den wald, wo ich blätter und steine suche und sie mitnehme. damit etwas von mir bleibt, damit man sich irgendwann an mich erinnert. frische luft und bewegung. das wichtigste, um einen klaren kopf zu bekommen, den ich nie habe. habe ich irgendwo gelesen.

oft stehe ich stundenlang am bahnhof, manchmal den ganzen tag, und sehe den zügen zu. wie sie ankommen und abfahren. beobachte die menschen, die entweder abholen oder abgeholt werden wollen. oder einfach nur warten, oder aussteigen und mit schnellen schritten weggehen. an orte, die ich nicht kenne.

ein mann kommt auf mich zu, er hält eine zigarette zwischen daumen und mittelfinger, fragt mich nach feuer. er riecht wie die männer, die einen nachts in lokalen ansprechen, worauf man den kopf schüttelt, sich umdreht und weggeht. und manchmal „nein danke" sagt, egal was die frage war.

wenn ich einmal mehr als sieben tage am stück in meiner wohnung bleibe, zwischen den fremden sachen, kommen freunde vorbei und reden und putzen und erwähnen den leeren kühlschrank. dann gehe ich wieder raus und erinnere mich wieder, dass es ein leben gibt da draußen. ein leben. einen bahnhof, der mich wachsen lässt.

meistens ist das laura. laura macht mir tee, putzt die fenster und wäscht das geschirr ab.

laura denkt, redet und schreibt viel.

„macht aber keinen sinn. es ist alles schon gedacht, gesagt und geschrieben worden. vor allem geschrieben", sagt sie.

„auch das", sagt sie.

„aber wir müssen trotzdem weiter leben", sagt sie auch.

und ich frage nicht warum, sondern glaube ihr und lebe weiter. zwischen pfannen, töpfen und pullovern, die menschen mir überlassen. wie um mir etwas zu geben, das mich festhält. wie um mein leben mit etwas zu füllen, das sinn macht.

auf dem bahnhof höre ich durchsagen, orte, endstationen, und stelle mir vor, ich würde dort ankommen. würde abgeholt werden. und immer stelle ich mir die frau zu der stimme vor. ich würde gerne mit ihr reden, denke ich.

und ihr vielleicht einen topf schenken, oder einen stein. vielleicht würde ich gern ihre lippen berühren. ich stelle mir vor, dass sie aussieht wie laura.

laura beißt sich oft in die unterlippe, vor allem, wenn sie schreibt.

laura legt sich oft eine hand auf die stirn, wenn sie denkt. wenn sie spricht, strahlen ihre augen etwas aus, das ich nicht beschreiben kann.

wenn ich im wald besonders schöne steine finde, male ich sie manchmal an, und die blätter lege ich zwischen seiten von büchern und manchmal bleiben davon bräunliche stellen zwischen den buchstaben zurück.

hin und wieder lasse ich einen angemalten stein auf einer bank am bahnhof liegen und stelle mir vor, dass jemand ihn findet. und wegwirft oder mitnimmt und behält oder weiter verschenkt. aber vor allem behält. dann behält er auch mich und erinnert sich. nicht an mich, aber an den bahnhof. und der bahnhof ist ja ein wenig auch ich.

clara

clara hat aufgehört zu trinken.

das hat sie schon sehr oft, aber nie für länger als drei tage. clara trinkt jetzt seit acht tagen nicht. auf ihrem badezimmerspiegel steht 2.3.4.5.6.7.8.

immer, wenn ich clara sehe, ist sie ein anderer mensch.

immer, wenn ich clara sehe, weiß ich, sie könnte jeder mensch sein.

clara ist jeder mensch für mich, nur schöner und einzigartig.

clara weint.

sie weint laut, mit dem kopf an meiner schulter. sie weint zehn minuten lang, danach lacht sie wieder.

die ersten zwei tage konnte sie weder essen noch schlafen, sagt sie. sie hat ihrer mutter ihre ganze kindheit und ihrem freund eine vorgelogene beziehung vorgeworfen.

am dritten tag hat sie sich dafür entschuldigt.

am dritten tag trank sie brennnesseltee und strich sich, auf dem boden sitzend, immer wieder über die augenbrauen.

clara will keine menschen sehen, sagt sie, nur mich. clara trinkt achtzehn gläser wasser am tag. in jedes vierte mischt sie einen teelöffel kieselerde.

kieselerde schmeckt nach staub und die zähne fühlen sich matt und trocken an davon.

kieselerde entgiftet, sagt sie.

clara kenne ich seit zweieinhalb jahren. ich kenne sie sonst nur laut, tanzend und meistens betrunken. jetzt putzt sie ihre wohnung, redet wenig und weint und/oder lacht abwechselnd.

clara ist wie honig für mich. sie zergeht auf meiner zunge. claras haare sind dunkelbraun. ich liebe es, ihre haare zu berühren, und sie liebt es, mich in ihrer nähe zu haben.

wahrscheinlich weil ich nie zu viel sage, genau zuhöre und versuche ihre gedankengänge zu verstehen, auch wenn das oft nicht geht.

wahrscheinlich, weil sie weiß, dass sie auf meiner zunge zergeht.

clara und ich sehen uns einen traurigen film an. sie weint immer wieder währenddessen und lange danach. wir wissen beide, dass sie nicht dem film, sondern ihrer vergangenheit nachweint. wir schlafen auf der couch ein und als ich aufwache sagt der badezimmerspiegel 2.3.4.5.6.7.8.9.

ich bin bei clara eingezogen. *sofürzweidreiwochen*, sie hat mich darum gebeten.

claras freund kommt am abend vorbei. sie streiten viel, weil er gern trinkt und sie gern trinken würde. er stellt eine flasche weißwein auf den tisch, clara wirft sie später schreiend gegen die wand. *vergessenwievergessenfickdich*, schreit sie.

in der küche riecht es dann so, wie an manchen sonntagen um sechs uhr morgens, wenn man müde in der u-bahn steht. es riecht nach verlorenen betrunkenen jugendlichen, lauten gesprächen und verkaterten nachmittagen.

es riecht nach billigem alkohol, der in lokalen unabsichtlich auf jacken oder hosen landet, die man entweder zu waschen vergisst, oder es nicht tut, weil man mit kopfschmerzen im bett liegt.

es riecht nach sex mit fremden auf toiletten irgend-
welcher clubs. nach jungen mädchen, die kotzend auf
bordsteinen sitzen. nach lallen. nach kaputten, feuchten
zigaretten in manteltaschen. es riecht nach filmriss. es
riecht nach reue. es riecht nach *ichsollteigentlichnicht-
trinken*, nach *niewiedertequila*.

so riecht es, als ich die feuchten glasscherben zu
einem haufen zusammenkehre.

glassplitter bleiben mir in der haut hängen, während ich clara im bad weinen und ihren freund die wohnungstür zuschlagen höre.

danach legt sie sich in die badewanne, raucht eine
zigarette, streicht sich wieder über die augenbrauen, über
den bauch, über die unterschenkel. sie muss ihren körper
spüren, sagt sie. danach massiere ich ihren rücken und
zähle dabei ihre muttermale.

clara hat aufgehört zu trinken. das hat sie schon
sehr oft, aber nie für länger als neun tage. clara trinkt jetzt
seit siebzehn tagen nicht.

auf ihrem badezimmerspiegel steht 1.2.3.4.5.6.7.
8.9.10.11.12.13.14.15.16.17.

immer, wenn ich clara sehe, ist sie ein anderer
mensch.

immer, wenn ich clara sehe, weiß ich, sie könnte
jeder mensch sein.

wer ich bin

ich habe ein problem. ich frage mich immer, was andere menschen von mir denken könnten. generell, und auch in einzelnen situationen. in fast allen. jeden tag.

bestimmte verhaltensweisen habe ich mir abgeschaut und angeeignet, weil ich weiß, dass sie bei bestimmten menschen gut ankommen. an sich war das mein ganzes leben lang schon so und bis heute frage ich mich, wer ich überhaupt bin.

ich versuche mich mit so vielen menschen wie möglich abzulenken.

wenn ich mich mit jemandem unterhalte, präge ich mir einzelne sätze, phrasen und gedankengänge ein, die interessant klingen oder oft auch, weil ich einfach den menschen mag, der sie sagt. wenn ich alleine bin, weiß ich nie, was ich mit dem alleinsein anfangen soll. dann gehe ich in meiner wohnung herum und/oder summe melodien vor mich hin, die ich irgendwo einmal gehört habe.

in der öffentlichkeit frage ich mich bei fast jedem menschen, der mir begegnet, wer ich in seinen augen sein könnte. mit der zeit habe ich mir so viele sätze, phrasen und gedankengänge angeeignet, dass es möglich wäre, jeden menschen in mich hineinzuinterpretieren.

wenn ich sätze wie „das musst du selbst entscheiden" höre, entsteht in meinem kopf eine leere, die sich eigenartig schwer anfühlt. dann frage ich mich, wer oder wo dieses selbst sein könnte. ich versuche, nicht weiter darüber nachzudenken, fange an, in kochbüchern zu blättern und warte, bis die schwere verschwunden ist.

ich gebe mein bestes, optisch nicht aufzufallen.
ich weine viel.

wenn ich unter menschen bin, weine ich aber nur in passenden situationen. bei traurigen filmen zum beispiel. dann ist das okay. bei begräbnissen oder besonders schönen ereignissen scheint das auch üblich zu sein.

dafür lache ich viel. aber wenn sonst niemand lacht, lache ich auch nicht. oder, wenn ich mit jemandem nur zu zweit bin, schmunzle ich, wenn ich mir nicht ganz sicher bin, ob ich lachen sollte oder den witz nicht verstanden habe.

mein körper gibt mir oft signale, die ich nicht verstehe. manchmal, wenn zu viele menschen um mich herum sind, wird mir schwindelig, schwarz vor augen und ich bekomme nur wenig luft. dass die anderen glauben könnten, dass irgendetwas mit mir nicht stimmt, macht mir angst. deswegen lache ich dann umso mehr, auch wenn ich eigentlich nur schmunzeln sollte.

oft tue ich dinge, ohne dass ich es wirklich will. ich wippe zum beispiel mit den füßen/beinen/knien und kann nicht mehr damit aufhören. ich habe keine kontrolle darüber. manchmal fange ich in lokalen gespräche mit gruppen von menschen an, ohne wirklich zu wissen, was ich da sage. wenn sie dabei nicken und antworten, verabschiede ich mich nach einiger zeit und gehe nach hause mit dem gefühl, normal zu sein.

vor ein paar monaten habe ich angefangen, dinge zu stehlen, die ich eigentlich nicht brauche.

manchmal stehle ich seife, rieche an ihr, lese den text auf der verpackung und schmeiße sie kurz darauf in den nächsten mistkübel.

ich lese: rein pflanzlich. nur hoch qualitative, ätherische öle aus kontrolliert biologischem anbau. pflegend, beruhigend. für alle hauttypen geeignet.

begriffe, die mir nichts sagen. sodium laureth sulfate. sodium cocoate. linalool. terrasodium edta.

klingt alles irgendwie fremd.

ich stehle auch kleider, wimperntuschen, polsterbezüge, pfannen, lebensmittel und manchmal geschirr. danach fühle ich mich schuldig und dieses gefühl ist so klar, dass ich beruhigt einschlafen kann.

davon erzähle ich aber niemandem.

in einem internetforum habe ich gelesen, dass viele leute das tun müssen, also stehlen, und dass manche von ihnen sich auch oft nicht spüren. und dass das mit ereignissen aus der kindheit zu tun haben könnte, aber an meine kindheit kann ich mich nicht erinnern.

kleinere sachen stecke ich meistens in einen ärmel, größere gebe ich einfach in meinen rucksack und wenn ich ganz beruhigt schlafen will, gehe ich einfach mit dem gegenstand in meinen händen aus dem geschäft, als wäre nichts.

meine wohnung ist voller gestohlener sachen und es werden immer mehr. oft verschenke ich dinge auch. erstens um platz zu schaffen, zweitens weil ich weiß, dass geschenke gut ankommen.

ich will ein guter mensch sein. wenn menschen beschenkt werden, sagen sie *dankedankedanke*, lächeln und ich lächle auch. dann werde ich meistens umarmt und irgendwann verabschiede ich mich und gehe nach hause.

mit dem gefühl, normal zu sein.

spanien

ich wollte immer fliegen können, eigentlich. habe dennoch immer nur aus dem fenster gesehen. habe es manchmal geputzt, um mir einen freieren blick zu verschaffen. selten.

ich wollte nach spanien fahren, frische orangen vom baum pflücken und so. und später freunden fotos davon zeigen, und sie dabei, wie beiläufig, auf meine bräune hinweisen.

„wie aus der bacardi-werbung."

ein paar davon ausdrucken, im copyshop um die ecke, und sie in meiner wohnung aufhängen, an den kühlschrank vielleicht.

ich wollte auch, zumindest ab und zu meine stöckelschuhe anziehen, vor allem die violetten, die die schuhschachtel nie verlassen haben. obwohl ich schon bei ihrem kauf wusste, dass mir so etwas eigentlich überhaupt nicht stehen würde. kaufte sie trotzdem, voller stolz, weil sie mir auf irgendeine weise das gefühl gegeben haben, attraktiv zu sein.

eine zeitlang wollte ich auch nach afrika, mit kindern arbeiten vielleicht, sie und dadurch auch mich glücklich machen. geben und nehmen sozusagen. afrika! dann habe ich die wände meiner küche dunkelrot gestrichen, um mir das herz zu wärmen.

doch ich bin nie aus der stadt rausgefahren, habe keine selbstgepflückten orangen gegessen und auch keine afrikanischen kinder glücklich gemacht. stattdessen eine gewöhnliche arbeit ausgeübt, in einer gewöhnlichen wohnung gelebt, in gewöhnlichen läden eingekauft und mir in einem gewöhnlichen friseursalon unauffällige haarschnitte verpassen lassen. *nur die spitzen.*

an wochenenden mit langweiligen freunden bier getrunken, nie zu viel, und unkomplizierte beziehungen geführt, die mich alle irgendwann anfingen zu langweilen.

und heute habe ich mich von diesem mann entführen lassen. der mich, wie er sagt, immer schon *haben* wollte. mit einem gesicht, das mich wissen lässt, dass sein verlangen nach mir, bis heute, mindestens so stark gewesen sein muss, wie meines nach den spanischen orangen, deren duft ich in meiner vorstellung manchmal beinahe riechen konnte.

„irgendwann liebst du mich auch", seine letzten worte, bevor er das zimmer verlässt. worte, die mir stundenlang nicht aus dem kopf gehen wollen. worte, die mir angst ins herz und tränen in die augen treiben.

und wenn ich hier sterben sollte, würde ich vielleicht den schon so oft erwähnten lichttunnel sehen, weit und kühl, ohne gott, und würde mich dennoch fragen, ob ich vieles in meinem leben falsch gemacht, etwas verpasst hätte. würde an annas schwarze stiefel denken, die ich ihr bewusst nie zurückgegeben habe, wie ausgemacht. an mamas fön, den ich kaputt gemacht habe, ohne es jemals zugegeben zu haben. an die puppe meiner schwester, die ich als kind gegen schokolade eingetauscht habe. an vikis anrufe, die wochenlang von mir ignoriert wurden, und an die rechnung vom drucker aus dem online-shop, den ich, wie ich sagte, nie bestellt habe.

-bin ich ein schlechter mensch?-

aber ich werde nicht sterben. nicht hier, nicht heute. irgendwann, ja.

irgendwann werde ich mich auch an mein neues zuhause gewöhnen, meine freunde vergessen, erkennen, dass sie in wirklichkeit nie wichtig waren. irgendwann werde ich mir meine haare wachsen lassen, neue interessen für mich entdecken, die ich sonst immer langweilig fand. irgendwann werde ich ihn auch lieben. mit ihm lachen und weinen. ich werde gerne mit ihm schlafen. mit ihm über dies und das reden, werde ihm dinge aus meiner kindheit erzählen.

und irgendwann werde ich mit ihm nach spanien fahren.

postkarten

richard liebt paula. ich liebe richard. (und mich liebt niemand.)

paula schickt richard postkarten, seine küche ist voll von ihnen. auf den meisten sieht man wasser, berge, gewürzmärkte oder palmen.

„schau, da war sie in italien. so richtig am meer", sagt richard und deutet mit seiner hand auf die obere hälfte vom kühlschrank.

richards küche ist schmutzig. wenn man sich irgendwo anlehnt, bleibt einem auf der hautstelle ein fettfilm zurück.

„wir werden irgendwann heiraten, ich sag's dir. *heiratest du mich, paula*, habe ich sie gefragt. sie hat gelacht und gemeint *irgendwanneinmal*."

ich lächle und trinke löskaffee mit zucker.

manche der postkarten sind gelblich verfärbt vom zigarettenrauch. neben den postkarten hängt ein längliches poster, das in grellen farben eine sehr junge frau mit großen nackten brüsten und in einer jeansunterhose zeigt.

richard isst wenig, drei scheiben brot und eine dose sardinen reichen ihm für zwei tage. dafür trinkt er viel wein. manchmal kommen menschen zu ihm in die wohnung, dann trinken sie gemeinsam.

es läutet an der tür.

zwei junge frauen. eine mit hohen halbkaputten schuhen und eine mit glitzer-t-shirt.

sie küssen richards wangen und drücken mir die hand. die eine hat pralle brüste und die andere lange wimpern, die sie, nachdem sie sich auf die couch setzt, lange und mit offenem mund tuscht. dann spuckt sie auf ihren kleinen finger und entfernt die farbe von ihren lidern.

sie trinken wein. ich schaue zu.

„die paula", fängt richard an.

„geh bitte. nach vier jahren. noch immer?", fragt die mit den prallen brüsten, verdreht die augen und lacht.

das lachen passt nicht, es wird still und plötzlich legt sich eine so schwere sehnsucht in die luft, dass mir fast übel wird.

richard atmet laut aus und schaut auf seine hände. wenn er das tut, ist er meistens traurig.

ich schalte das radio ein. später gehen die mädchen, ich wasche mein gesicht mit flüssigseife und lege mich ins bett. richard putzt sich bei offener badezimmertür die zähne, zieht sich aus und lässt das gewand auf dem boden liegen.

danach legt er sich zu mir. zuerst neben mich und dann auf mich drauf.

wir schlafen miteinander, die luft um uns ist kalt und sein atem riecht nach alkohol. richard kommt schnell, ich denke an paula und die kaputten schuhe der frau.

als er von mir runterrutscht, sagt er

„du weißt eh, wie ich das mein, oder?"

ich sage nichts und schlafe ein.

richards beine fühlen sich an meinen warm an und seine haare sind struppig. neben dem bett steht eine bierdose auf dem boden. er nimmt sie, öffnet sie und trinkt ein paar schlucke.

die luft im raum ist stickig. es riecht nach schweiß, abgestandenem rauch und schmutzigen socken.

ich mache frühstück und betrachte die postkarten. die neueste glänzt und zeigt die augen eines asiatischen kindes. richard kommt in die küche und schaltet den wasserkocher ein.

„ich spare jetzt, weißt du. seit einem halben jahr schon. damit ich einmal mit ihr gemeinsam reisen kann. sie hat gesagt, *daswäreschön.*"

„du, aber wenn ich einmal genug habe, können wir zwei vielleicht ja auch einmal irgendwohin fahren", sagt er.

ich habe paula noch nie gesehen, paula sind postkarten für mich. sie ist ein großer postkartenwirbel, und hin und wieder landet eine davon bei richard und starrt mich dann an.

„im februar kommt sie vielleicht für zwei wochen nach wien", sagt er.

das hat er schon oft gesagt, aber nie war sie da.

„du weißt, sie wird dir nie gehören", sage ich.

„ohja. wir heiraten irgendwann, ich sag's dir."

gehört so

peter ist maler. ein echter künstler ist er.

manchmal dreht er sich mehrere minuten lang im kreis, um seine eigene achse. er muss das manchmal machen.

leute schauen dann komisch, aber es ist ihm egal. es ist auch mir egal. leute schauen komisch, und ich sage: „er ist künstler, er darf das."

peter ist ein seltsamer typ. manchmal, wenn wir im bett liegen, leckt er minutenlang über meinen bauch oder legt sein ohr gegen meinen nabel und hört auf die geräusche in mir.

das inspiriere ihn, sagt er.

das ganze leben inspiriere ihn, sagt er.

ich bin peters größte inspirationsquelle, ich bin etwas besonderes.

peter und ich sind glücklich. wir haben nichts besseres zu tun.

peter wollte einmal malerei studieren, aber das wollen alle, deswegen wollte er das irgendwann nicht mehr.

peter macht nie das, was alle machen.

früher kiffte peter zum beispiel ganz viel, das schenkte ihm neue ideen. aber seit er weiß, dass alle kiffen, um ideen geschenkt zu bekommen, kifft er nicht mehr.

peter schreibt manchmal gedichte. sie sind schön und handeln meistens von mir. in seinen gedichten komme ich aber oft in form einer katze oder eines vogels vor.

peter trank früher immer bier, bevor er sich an seinen schreibtisch setzte und anfing, gedichte zu schreiben, das war so eine art ritual. aber als er gehört hat, dass viele autoren schwere alkoholiker sind oder waren, hat er damit aufgehört. eine zeitlang schrieb er keine gedichte, jetzt schreibt er wieder welche, und ich bin wieder oft eine katze oder ein vogel.

rituale findet er heute überflüssig.

„schon allein dieses wort", sagt er und schmunzelt.

peter muss immer wieder sich selbst neu erschaffen, neue denkweisheiten ausleben, gegen seine eigenen prinzipien handeln. immer wieder einen perspektivenwechsel erzeugen. er ist künstler, er braucht das.

peter malt die wände seiner wohnung an. dann bittet er mich, mich nackt vor die angemalten wände zu stellen und eine zigarette zu rauchen. dann fotografiert er mich, lässt die bilder entwickeln und klebt sie über die bunten flächen.

die wohnung ist voller fotos und auf allen bin ich nackt und rauche zigaretten. das inspiriert ihn. peter sagt, ich sei seine muse. das ist schön zu hören, auch wenn ich weiß, dass seine muse auch ein teebeutel sein könnte.

mir geht es eigentlich immer gut, im gegensatz zu peter. er ist manchmal depressiv. aber er schafft aus seiner depression heraus. das ist ein teil vom leben, von seinem, und das leben fasziniert ihn.

wenn, dann mache ihn das leben zu einem künstler, sagt peter. nicht er, das leben. und ich. obwohl ich nichts mache. nur kaffee trinke, rauche und nackt vor wänden stehe.

peter muss immer wieder verreisen. wenn er aufhöre, sich mit neuen menschen zu umgeben, habe sein leben keinen sinn mehr, meint peter. er war schon in asien, afrika und südamerika. in südamerika waren wir gemeinsam.

die leute dort seien so offen, erzählt er anderen menschen immer wieder.

„in europa haben die menschen keinen plan. keinen durchblick. kein gar nichts. nur geld."

und geld ist ihm egal. wenn er geld hat, schön und gut, wenn nicht, dann nicht.

reich werden wäre schlimm, sagt peter und ich antworte,

„schlimm, schlimm."

lege mir dabei den zeigefinger auf die lippen und schüttle langsam den kopf.

wenn peter eine ausstellung hat, oder eine lyrik-lesung, versucht er dort mit niemandem zu sprechen. ich stehe oder sitze stets an seiner seite.

menschen lieben uns, glaube ich. oder hassen uns. oder halten uns einfach für verrückt.

aber verrückt sein ist heute schon so gängig, oder notwendig sogar, um kunst zu machen, dass das kein problem darstellt. zumindest habe ich das so verstanden, aber ich habe keine ahnung von der kunst.

ein freund von uns schreibt romane. ganz dicke bände. und er macht jeden abend einen kopfstand und meditiert. sein geschriebenes komme gar nicht von ihm, meint er immer wieder. das wären eingebungen.

„wollt ihr wissen, wollt ihr wirklich wirklich wissen, woher das alles kommt?", fragt er manchmal, wenn wir bei ihm sind, bollywood-musik hören und thailändische zigaretten rauchen.

er streichelt immer wieder über seinen bart, seine beine sind meistens übereinandergeschlagen.

„vom universum. da oben. kein scheiß, alter. ich kommuniziere mit allem. und alles kommuniziert mit mir.

manchmal schreibe ich so wie in trance und lese mir das danach so durch und sage zum universum, alter, was du mir wieder für schreibstoff bringst. damit kann ich nicht in die öffentlichkeit gehen, das kann ich nicht bringen. ich sage das laut, versteht ihr? sonst fühlt sich das universum nicht ernst genommen."

währenddessen reißt er seine augen ganz weit auf. dann kneift er sie wieder zusammen und fügt hinzu

„versteht ihr?"

und er sieht uns dabei an, als wüsste er im voraus, dass wir es nicht verstehen. und dann schweigt er ein paar sekunden und fragt:

„bier?", während uns die bollywood-musik immer noch begleitet, und ich stelle mir eine frau in einem bunten sari und mit hennatattoos und viel schmuck an den händen vor, auf einer wiese tanzend.

irgendwann gehen wir wieder und ich denke über das universum nach, bis ich einschlafe.

seit drei wochen arbeitet peter an einem neuen bild. darauf sieht man grünblaurote gesichter und rundherum tiere, die dunkle wolken sein könnten. das bild liegt auf dem boden. ich steige unabsichtlich drauf, während die farbe noch trocknet, entschuldige mich dafür und peter sagt:

„gehört so."

dann wasche ich meinen fuß, nur den bunten, und höre peter singend durch die wohnung wandern.

als ich aus dem bad komme, ist es kühl im zimmer, das fenster steht offen.

peter geht immer wieder zu einer wand, reißt ein paar fotos herunter, mal einzelne, mal mehrere auf einmal, und dann geht er zum fenster und wirft sie raus. das macht er immer wieder.

ich lege mich auf die couch und sehe ihm zu. er singt immer noch, sieht irgendwann kurz zu mir rüber. singt immer noch, bemerkt die nassen fußabdrücke auf dem boden. und dann lässt er die fotos aus seinen händen fallen, wird still und legt sich langsam auf den boden. mit dem gesicht direkt vor so einen fußabdruck, vor dieses bisschen wasser. dann bleibt er lange so liegen. der blick regungslos. er bleibt liegen, bis die flüssigkeit getrocknet ist.

irgendwann schließe ich das fenster.

kopfstand

karl spielt klavier. die katze sieht ihm oft dabei zu. währenddessen koche ich gulasch und stelle mir vor, dass karl blumen aus den ohren wachsen.

karl trinkt kaffee. die katze sieht ihm oft dabei zu. er leckt an seinen lippen und ich sage

„es ist sonntag, karl."

„das macht nichts", meint er.

sonntage sind schön.

wenn karl schläft, hebt und senkt sich sein bauch in regelmäßigen abständen und ich stelle mir vor, in karls bauch ist ein großer frosch, der aus karl herausspringen will, und dann doch nicht und dann doch.

„karl, der frosch", sage ich dann leise. „lass ihn raus", und er schläft weiter und ich ein.

meine träume schreibe ich immer auf. dafür habe ich ein buch mit grünem einband. das buch verschwindet und ich frage mich, wer es gegessen haben könnte. die nachbarkinder, denke ich. obwohl ich die wohnungstür immer doppelt absperre, steht sie immer offen.

karl wachsen manchmal auch blumen aus den ohren, wenn er nicht am klavier sitzt, jedoch selten.

monika hat mich angerufen, es war fünfzehn uhr zehn. sie wollte etwas, ich weiß nicht mehr was.

monika ist eine schöne frau, ihre hände zittern fast nie.

sie spricht leise und atmet laut.

sie trägt meistens wollsocken und cremefarbene pullover.

jeden morgen macht karl einen kopfstand. dann gehe ich ins bad, wo mich mein spiegelbild ansieht. es lächelt und das lächeln verrutscht manchmal oder fällt auseinander. mein spiegelbild riecht nach regen und erdbeeren.

kleider machen leute, habe ich gehört. ich trage nur hosen, weil ich nicht gemacht werden möchte.

in karls halbvollen biergläsern finde ich manchmal obstfliegen. ich hole sie dann heraus und lege sie auf einem taschentuch aufs fensterbrett. das taschentuch ist schwarzweiß.

in unserer wohnung hängen viele bilder. sie hängen alle schief, und wenn karl sie zurechtrückt, hängen sie danach noch schiefer.

ich klopfe an die nachbarstür, um nach meinen träumen zu fragen. die frau schickt ihre kinder mit einer handbewegung ins wohnzimmer, sie laufen mir davon und ihre haare glänzen wie puderzucker.

karl macht mir tee. während ich ihn trinke, liest er in der zeitung. die katze sieht ihm dabei zu. der tee schmeckt nach ruhe. später finde ich meine träume im küchenregal, jemand hat sie angeknabbert.

karl wars nicht.

karls hände sind feucht.

karl küsst mich auf die stirn.

karl redet manchmal und redet und es kommt dabei kein ton aus seinem mund heraus. das wundert ihn selbst, glaube ich. nach solchen tonlosen reden kuschelt er stundenlang mit der katze und ist ganz still dabei. dann sage ich

„karl, du weißt, ich liebe dich trotzdem", und sehe ihm dabei in die augen.

seine lippen formen als antwort

„wolkenspurensamstagregenschalalalazitronen-
schaumbananenbrot."

es ist immer kalt in unserer wohnung, wir heizen nur bei offenem fenster. kalte luft fliegt ins wohnzimmer.

luft stelle ich mir oft in farbe vor. grün oder rot oder gelb. aber immer noch ein bisschen durchsichtig, damit ich karl beim schweigen oder wolkenspurensamstagregenschal-alalazitronenschaumbananenbrotsagen zusehen kann.

durch karls kopf fahren züge und manchmal fahren sie aus seinem kopf heraus. wenn sie dann auf dem boden landen, hebe ich sie auf und lege sie auf die waschma-schine. wenn die züge in karls kopf gerade nicht fahren, füttert er mich manchmal mit trauben und jede einzelne schmeckt anders.

an samstagen kommen oft leute zu uns. sie trin-ken tee, sehen sich die schief hängenden bilder an und reden, so wie karl, ohne ein wort zu sagen. wenn diese leute sehen, wie karl meine hände küsst, verschieben sich ihre gesichter. gestern hat jemand kuchen mitgebracht, ich habe ihn lange angesehen und mich gefühlt, als wäre ich auf drogen.

karl hat das nichts ausgemacht.

„guter kuchen", hat er gesagt.

wenn die heizung das offene fenster wärmt, legt sich auf die glasscheibe eine weißgraue schicht aus vielen winzigen wassertropfen. ich drücke meine nase, wange oder zungenspitze dagegen und fühle, dass im fenster die ganze zukunft steckt.

während ich in der badewanne liege, macht karl ein foto von mir. auf dem foto sehe ich aus wie eine nackte frau mit beinen und brüsten. das findet die katze auch.

an unserer tür klopft jemand. ich mache sie auf und zu. dann wieder auf und zu. ich habe zweimal einen mann mit schwarzen haaren und schwarzer jacke gesehen. die luft um seinen kopf war hellblau. sein mund war beim ersten mal hinsehen offen, beim zweiten geschlossen und grün.

karl will nicht wissen, wer das war.

während karl kaffee kocht, höre ich die züge. ich lege mich auf den teppich, um diese besser auffangen zu können. die kalte luft fliegt ins wohnzimmer und fällt auf meinen nackten bauch. sie ist orange und ich würde sie am liebsten essen. die katze geht an mir vorbei. ich mache ein foto von ihr. sie sieht aus wie ich.

karl spielt gitarre. dazwischen sammelt er immer wieder papier und zigarettenstummel vom boden auf und obwohl er sie in den mistkübel wirft, liegen sie ein paar minuten später wieder überall in der wohnung.

„lass das", sagt karl, ich weiß nicht wovon er spricht und beginne seinen rücken zu massieren. karls rücken fühlt sich an wie berg.strand.sonne.wiese.schnee.himmel. regen.see. sein rücken ist unendlich.

es klopft an unserer tür und ich öffne sie. ein dicker mann mit gelber jacke, bart und einer kartonschachtel mit aufklebern darauf. er wollte mir die schachtel in die hand drücken und dafür meine unterschrift haben. ich habe ihn nach hause geschickt, weil ich weiß, dass er in wirklichkeit meine seele kaufen wollte.

karl fragt mich, wer es war, ich sage *daswarder-teufel.*

„oh, schon wieder", antwortet er gelangweilt und fängt wieder an, alte rechnungen und taschentücher vom boden aufzusammeln.

ich setze mich auf die couch, die katze schmiegt sich an meine füße. ich frage mich, ob sie meine beine essen will oder mit dem gelben kartonschachtelmann unter einer decke stecken könnte.

mein atem riecht nach schneeflocken. jedes mal wenn ich ausatme, produziert eine schneeflockenmaschine in meinem körper neuen atem. sie muss entweder in meinem kopf oder in meinem bauch sein.

karl setzt sich auf den esstisch und fängt an, gitarre zu spielen. währenddessen sehe ich die schief hängenden bilder an der wand an und das gemalte verändert sich immer wieder, je nachdem, welche töne karl mit seiner gitarre erzeugt.

es klopft wieder an der tür. karl musiziert jetzt schon seit zwei stunden. ich traue mich nicht, aufzumachen, weil ich angst um meine seele habe.

begleitet von einem wirbel aus papier und zigarettenstummeln gehe ich ins bad. dort denke ich an karls rücken, karls ohren und karls stimme.

die katze folgt mir, ich nehme sie in den arm und betrachte uns beide im spiegel. wir reden über karl, und unsere spiegelbilder reden stumm mit. karl ist ein unheimlicher mann. manchmal kann ich seine gesichtsausdrücke nicht einordnen. manchmal fühlen sich seine berührungen fremd an. manchmal glaube ich, karl gibt es gar nicht.

monopoly

alle menschen sind dumm, nur ich nicht. klaus ist auch ein bisschen dumm, aber ich mag ihn trotzdem. er erzählt mir immer geschichten, die ich nie ganz, aber immer ein bisschen verstehe. seine gedankengänge sind nicht immer ganz nachvollziehbar.

klaus und ich sind genau da, wo wir sein wollen.

in der u-bahn sind auch nur dumme menschen. sie reden am telefon über tiefkühlpizza und handyverträge.

in zeitungen stehen meistens auch nur dumme sachen. ich habe ein paarmal versucht, eine zeitung zu lesen, das hat mir nichts gegeben.

wenn es draußen warm ist, male ich im hof den boden mit kreide an und die kinder aus dem park malen oft mit. wenn es regnet, verschwimmen unsere bilder und fließen davon. das macht nichts, wir malen immer neue.

ich liebe kinder. sie erfinden wahrheiten und leben dann in ihnen. und sie sind ehrlich. das ist bewundernswert. kinder werden intelligent geboren und werden dann mit der zeit immer dümmer.

ich arbeite im büro in einem kindergarten. ich drucke namensschilder für ihre zeichenmappen oder bestelle ihre jausen für ausflüge, die wir gemeinsam unternehmen. manchmal kommt ein kind zu mir und stellt mir fragen und wenn ich die antwort nicht weiß, sage ich, ich weiß es nicht. ich habe das gefühl, es verwirrt sie, wenn erwachsene etwas nicht wissen. ich weiß vieles nicht, vielleicht bin ich auch dumm.

klaus sammelt viele unterschiedliche dinge. er sammelt feuerzeuge und flaschendeckel. daraus macht er bilder. klaus kann sich sehr lange auf etwas konzentrieren und ich schaue ihm oft stundenlang einfach nur zu. klaus ist mein beobachtungsobjekt.

im hof schauen mich die nachbarn manchmal schief an, weil ich nur kindersachen mache. eine zeitlang haben sie versucht, ihre kinder von mir fern zu halten, aber mittlerweile wissen sie, dass ich harmlos bin.

ich glaube, sie glauben, dass ich einfach nur dumm bin. das glaube ich von ihnen auch, also haben wir eine gute beziehung, ich und meine nachbarn.

klaus weiß immer, ob eine beziehung gut ist oder nicht. klaus ist zwar ein bisschen merkwürdig, aber über feuerzeuge, flaschendeckel, bilder und beziehungen weiß er alles.

unsere beziehung ist nicht ungesund, sagt er. vor ungesunden beziehungen habe ich angst. unsere beziehung ist eine symbiose, ein unaufhörlicher transfer von inspiration. wir sind genau da, wo wir sein wollen.

gestern habe ich gehört, wie ein zehnjähriger junge einem gleichaltrigen freund erzählt hat, dass man an der kassa von abercrombie & fitch von halbnackten frauen bedient wird. ich musste mir die beiden zuerst neben und dann vor einer halbnackten frau vorstellen. das hat ein bild ergeben, das ich nicht einordnen konnte.

menschen sind oft halbnackt in unpassenden situationen, das kann ich mir nicht erklären, weil sie sich gleichzeitig für ihren körper schämen. manchmal weiß ich nicht, ob ich oder die anderen dumm sind.

klaus redet sehr viel mit sich selbst, ich habe mich daran gewöhnt, so wie er sich an mich gewöhnt hat.

das ist ein schönes sich-aneinandergewöhnen, kein gegenseitiges sich-satthaben.

klaus und ich könnten vielleicht unser leben miteinander verbringen. er würde einfach weiter dinge sammeln und ich mit kreide malen und die menschen beobachten. uns wird nie langweilig. vielleicht, weil wir selbst langweilig sind und es schon unser leben lang waren, so dass langeweile uns nichts mehr anhaben kann.

wir leben einfach.

das leben ist sehr kompliziert, aber gleichzeitig sehr einfach, hat klaus vor kurzem zu sich selbst gesagt. es ist, als würden wir monopoly in groß spielen.

letzte woche waren wir in einem echten club. klaus wollte laute musik hören und betrunkene menschen sehen. ich habe viel wasser getrunken und den boden angestarrt. ein junge dort war so auf pillen, ich hatte angst, dass er tot umkippt, aber ich glaube er hat überlebt.

in clubs habe ich das gefühl, kippen menschen von dumm zu sehr sehr dumm, aber vielleicht gehört das zum kollektiven dumm-sein dazu. im club hat klaus sieben feuerzeuge gefunden. ich dachte, vielleicht könnte ich kreide suchen, aber es gab nur kokain. dann sind wir wieder gegangen und haben lange nachgedacht und geredet.

heute gehen klaus und ich in ein altersheim und besuchen dort ein paar menschen. vielleicht wollen sie mit mir malen oder singen.

klaus und ich lieben menschen, auch wenn sie so sind, wie sie sind. klaus und ich spielen monopoly in groß. wenn wir irgendwann nicht mehr spielen wollen, werden wir gehen. aber jetzt sind wir noch genau da, wo wir sein wollen.

andere möglichkeiten

den einen scheint es gut zu gehen.
den anderen umso besser.
paul ist glücklich, es gab nie andere möglichkeiten.

lina liebt alles und jeden. sie liebt innig und lange
und, nicht selten auch in stiegenhäusern.

paul kommt das gelegen. jeden montag kommt
ihm das gelegen.

lina versteht sich selbst nicht, sagt sie zu menschen, die sie nicht kennt, ärzten und ihren haustieren.
lina weint viel, die liebe hat ihr nie etwas gegeben.

eines tages stolpert lina mir über den weg. sie
weint, will liebe und nimmt mich mit. im stiegenhaus
versucht sie mich zu küssen. ich sage nicht nein, weil ich
stiegenhäuser mag und küsse auch.
später zeigt sie mir katze, meerschwein und zwei
kanarienvögel.
ich bin begeistert.
ich bin leicht zu begeistern.
begeistert bin ich immer nur sehr, sehr kurz, aber
sehr intensiv. sehr kurz, weil mein gehirn nichts speichern will.
darüber bin ich sehr glücklich.
ich kenne glück.
ich kenne glück, sage ich zu lina, und sie weint
wieder.

dann schneidet sie einen kuchen an. mit birnen, sagt sie. und, von mutter.

ich muss eine nacht darüber träumen, ist meine antwort und ich setze mich.

die couch ist sehr weich und riecht nach großeltern.

am nächsten morgen muss ich an paul denken.

paul lebt zwischen konservendosen und kohle. paul zeichnet und malt. paul zeichnet und malt nackte menschen. paul trägt immer eine brille und meistens auch hosenträger.

mit menschen will er sich nicht auseinandersetzen, nur durch das zeichnen, oder mit lina. menschen sieht er gerne einmal und nie wieder. paul und ich sagen zum abschied immer, wir sehen uns nie wieder. oder, schön, dass wir uns nie wieder sehen.

paul wohnt bei mir um die ecke. er ist ein kranker mann, dem diese welt zum hals raushängt. das kann ich gut verstehen, ich habe diese welt nie verstanden.

lina hat sich selbst nie verstanden, und ich nicht die welt. ich kann darüber lachen.

ich kenne lachen.

ich kenne glück.

ich kenne lina und paul.

das ist glück.

ein glück, dass ich sie nie wieder sehen muss.

ich gehe nach mexiko, sage ich zu lina. mexiko. heiß, sonne und so. drogen und so. straßenhunde. menschen und alles, du weißt schon, sage ich.

sie zieht die vorhänge zu. sie putzt den herd, als

wäre er nicht sauber.

sie nimmt ein dickes buch mit gelben seiten und reißt sie einzeln raus.

danach legt sie sich hin. der boden unter ihr ist staubig und trocken.

paul zeichnet mich. er zeichnet mich immer wieder. und wenn er mich zeichnet, sind seine lippen angespannt. ich erzähle von lina, er meint, er will das alles nicht hören.

danach kocht er gemüsesuppe, wir essen und die reste leert er vor die haustür.

wenn paul mit einer geschichte beginnt, erzählt er sie immer mehrere stunden, springt immer wieder zu anderen teilen der geschichte, die mit der hauptgeschichte nichts zu tun haben und so ergibt sich heute eine mischung aus seiner kindheit und den reisen, die er als jugendlicher unternommen hat.

paul hatte eine wilde jugend.

scheiß aufs nachdenken, trinken wir lieber!, meinte peter.

manche tranken.

manche waren verwirrt und tranken trotzdem.

peter war nie einsam. zumindest hat er das immer behauptet. heute meinte er, sein leben war umsonst. also nicht umsonst, meint er. aber es sind keine resultate da. keine frau. kein kind. nicht einmal eine matura.

alle lieben peter. lina liebte peter schon viermal. 2mal nüchtern. 2mal betrunken. 1mal am klo. 2mal im bett. einmal in linas küche.

clara meint, es existieren auf unserer erde so menschen, sie kommen in dein leben und du kannst nichts machen. charisma haben sie. die können einen raum betreten, diese menschen, und allen oder fast allen, bleibt die luft im hals stecken vor lauter charisma.

so einer ist peter.

clara liebt es, über menschen zu reden. linas kuchen, den ich vor 48 stunden verspeist habe, hätte ihr freude bereitet.

wenn ich an clara denke, dann sitzt sie immer mit verschränkten armen, kaffee oder tee und meistens einem stück kuchen oder so, und redet über menschen. wenn clara spricht, könnte man einschlafen. nicht weil es fad ist, sondern eher, weil clara die stimme hat, der alle am liebsten beim einschlafen zuhören würden. eine sanfte stimme. wie die stimme der mutter aus der kindheit, nur noch sanfter.

clara und peter tauchen oft zusammen auf. paul malt manchmal beide auf einmal. dabei darf clara nicht reden und peter muss ernst schauen. paul wäscht danach seine pinsel aus, bedankt sich, mit tabakstummel im mundwinkel, und deutet mit seiner hand zur tür.

„wiedersehn" hört man dann und weiß, er will einen nie wieder sehen.

peter lässt sich oft malen. alle, die malen können, wollen peter malen. sein charisma kann man aber nicht malen, meint clara, *das ist nicht malbar.*

peter ist schriftsteller/darsteller/musiker/filme-macher/redner/kritiker/person des öffentlichen lebens.

lina wird dick. sie wird neun monate immer dicker und dann kommt eine klein-lina aus ihr raus, die ein bisschen aussieht wie peter. danach wird sie wieder dünner.

lina nennt klein-lina clara, weil clara ein mensch ist, den lina sehr bewundert.

weil clara ein mensch ist, der oft sachen ausspricht, die lina zu hören liebt.

„das verstehe ich besser als jeder andere" zum beispiel oder

„passiert mir andauernd" oder

„fantastischer kuchen".

man kennt jetzt eine erwachsene clara und eine kind-clara.

kind-clara ist mal da mal dort. ich wickle sie, paul malt sie und peter deckt sie abends zu. die erwachsene clara isst währenddessen, mal da mal dort, kuchen, trinkt kaffee und redet.

lina macht clara keine vorwürfe.
paul macht lina keine vorwürfe.
ich mache peter keine vorwürfe.

klaus kann es kaum akzeptieren, was auf der welt passiert. gemeint ist dabei auf keinen fall die große welt, sondern seine kleine. das kann er kaum akzeptieren.

klaus blickt von einer ecke in die andere und ist fassungslos.

wir alle kennen das.

wir alle sind auf seiner seite.

klaus war verliebt, vor langer zeit. vor langer, langer zeit. als klaus jung und das wasser sauber war, war klaus verliebt.

in eine frau, die selten weinte und immer tanzen wollte, selbst wenn es keine musik gab.

klaus war erfüllt mit glück und freude.

es ging lange gut und irgendwann ging es abwärts, wie das immer so ist.

klaus sammelt seitdem alte videospiele und lernt lieder oder zitate von großen leuten auswendig. dann sagt er sie immer. immer wieder.

clara neigt dann immer den kopf zur seite, überlegt kurz und sagt entweder

„wow" oder

„bitte, das ist purer blödsinn."

oft sagt sie

„mein lieber"

„bitte, das ist ein blödsinn, mein lieber"

„wow."

zu mir sagt klaus

„meine frau war fast so wie du. nur nie so leise, nie so nutzlos, weißt du. diese frau war feuer."

paul ist das egal, er sagt kurz

„sei still jetzt" und ist wieder konzentriert. trinkt etwas wasser aus einem glas und fertigt weiter seine skizzen an.

lina kommt, mit kind im arm, sagt

„na grüß sie" und steckt klaus die freien fünf finger entgegen.

peter kommt.

clara kommt und will wissen, ob kaffee und torte vorrätig seien.

ob sie verrückt ist, will paul darauf wissen.

„was für eine torte, du verrückte?"

dann darf niemand reden, weil paul malt. klaus fragt nur kurz

„ist das normalzustand da?"

keiner weiß, was er meint mit „normalzustand" und „da".

klaus weint abends viel, dann wieder weniger, dann wieder viel.

muss kurz überlegen, wie man zu seinem glück bei-tragen könnte und sage

„baba, klaus. auf niewiederbegegnen."

clara bäckt apfelstrudel/nusstorte/marillenstreusel-irgendwas, wirft die beine übereinander und will ausgiebig reden.

zuerst über die preise, dann über mitarbeiter im supermarkt ums eck. dann über lina. dann über clara. dann über paul. immer wieder über peter und dann

„aaaaalso, dieser klaus"

dann weint kind-clara laut und will die kommenden stunden viel, viel aufmerksamkeit.

genau das

manchmal würde ich stefan gern die ohren abreißen, wenn er so hinter seinen büchern sitzt. ich würde ihm
die ohren abreißen und danach etwas schlimmes damit
machen, und wahrscheinlich würde er trotzdem so sitzen
bleiben auf dieser couch und rundherum wäre viel rauch,
und wenig platz.

er würde sitzen bleiben und irgendwann irgendetwas fragen oder sagen und ich würde denken *ich muss
hier raus*, und trotzdem bleiben.

in meinen gedanken: überschwemmung.

es gibt puppen aus silikon mit brüsten, die fühlen sich an wie echte, und man kann mit ihnen schlafen
und leben. man kann sie im internet bestellen, auch alles aussuchen, haare, lippen, make-up, körbchengröße,
muschi, alles.

und accessoires kann man kaufen, wimpern, schuhe, schamhaare. und sollte etwas schief gehen, gibt es
für den notfall auch einen nipple-lip-nail-repairkit, dann
ist die puppe wieder wie neu.

und die muschi kann man herausnehmen und
waschen, wenn man es gerade nicht dreckig mag.

wieso lebt stefan nicht mit so einer zusammen?

die küche ist dreckig, ich greife die abwasch nie
wieder an, hier schimmelt alles.

auf der couch liegen socken, leere tetrapackkartons, halbe vorwürfe der letzten tage und es ist uns beiden egal.

diese beziehungssachen sind doch schon so abgegriffen, denke ich. all die abgestandenen gespräche bei tausend zigaretten und weinflaschen und tränenmeeren. wir bleiben doch trotzdem da, wo wir sind, beieinander und außer uns und in meinen gedanken: leere müllcontainer zum nachfüllen. bitte füttere mich.

ich backe kuchen ohne liebe, mache den backofen auf, immer wieder, damit der teig in sich zusammenfällt wie altes schlagobers. damit wir uns nur noch von unseren träumen ernähren, ohne einen teller zu nehmen, es gibt ja keine, und es ist uns egal.

andere menschen sind weit weg, weggeworfen haben wir sie, ausgegrenzt aus unserer welt, und wenn sie brennt, kümmert sich sicher wer anderer darum, während wir wolken zählen, von dieser couch aus, stefan und ich.

aber wieso sind wir hier, frage ich mich, und erinnere mich an lange, gemeinsame reisen und verschiedene menschen um uns, die uns etwas gaben, was wir nicht hatten, und ich tanzte barfuß am lagerfeuer und weinte mich betrunken aus an den schultern fremder menschen und du und deine bücher.

weit weg waren wir voneinander, oft, in solchen momenten, und wussten trotzdem beide, andere menschen gibt es in wirklichkeit gar nicht, obwohl sie so real waren mit ihrem lagerfeuer und ihren leeren bierflaschen später, und gesprächen und rucksäcken, alle angereist von überall, irgendwo in spanien.

in meinen gedanken: blauer schnee.

immer denke ich, ich bin die verwirrte, doch die anderen haben anscheinend noch weniger plan, nur, dass sie nicht wissen, dass sie nichts wissen. dann müsste ich doch eigentlich die einzige funktionierende sein hier, schade eigentlich, dass ich nicht auch nur so eine puppe bin, ohne hirn und mit austauschbaren genitalien. wäre einfacher, denke ich, dann müsste ich auch nicht reden. das hat mit stefan (überhaupt) nichts zu tun.

in meinen gedanken: spanischer sand und aufge-gebene wünsche.

immer wieder muss ich erklären, wenn leute uns fragen, was wir denn voneinander wollen, wenn sie sagen, die und der, das geht doch gar nicht
stefan und ich sind nicht zusammen, weil wir uns so sehr lieben, wie alle anderen immer meinen, sondern weil wir alle anderen so sehr hassen.

auf einer geburtstagsparty von irgendwelchen unwichtigen leuten in kleidern und mit blumen und glän-zend verpackten, unnötigen dingen hatten wir keine lust, mit irgendwem zu reden. stefan und seine bücher, und ich und meine ekelhafte art, die ich anderen eben oft ersparen möchte, und dieser drang, leuten immer wieder sagen zu müssen, wie scheiße sie sind und wie toll ich. wir sahen immer wieder zueinander rüber und die glänzenden kleider und geschenke wurden immer mehr und wir wussten, diese menschen um uns kriegen irgendwann falten, kinder und schlechte zähne und reden dann weiter über belanglosen scheiß und leben in ihren häusern. und irgendwann dann:

ficken auf dem klo, stefan und ich, und meine schwester schrie mich an, warum ich denn selbst auf so „normalen veranstaltungen" schon wieder jeden flach legen müsste, und stefan rezitierte irgendwen und ich sagte zu ihr, sie soll doch endlich den stock aus ihrem arsch ziehen. und ich sah es kommen, wie sie mir leere sätze ins gesicht werfen würde und vorwürfe noch aus der schulzeit, was ich nicht wollte, also zog ich meine unterhose hoch und ging und stefan ging mit, und von da an waren stefan und ich wir.

in meinen gedanken: ---

wir müssen ja gar nicht reden, stefan und ich, es ist schon okay, teilen uns halt einen raum, ich mit meinen wahnvorstellungen und du mit deinen büchern. wir müssen ja nicht ständig reden, und ein bisschen wut wird schon gut sein.

wie bei diesem blöden essen mit deiner mutter, und sie mit ihrem schweinsbraten, und ein blick zu dir und zu mir. ich war einfach ich selbst, nur dass ich mir was schönes angezogen hatte, ich war einfach ich selbst, bis sie dann über mich irgendwann: *das kann man ja nicht ernst nehmen bitte.*

und dir war sowieso alles egal wie immer, und ich zeigte ihr den mittelfinger und am liebsten hätte ich ihr noch etwas anderes gezeigt. und du und deine bücher und ich und meine wahnvorstellungen und ständig die suche nach deiner aufmerksamkeit, langsam hasse ich bücher, obwohl ich sie eigentlich auch lesen könnte, doch das interessiert mich alles ja gar nicht. mein kopf ist voll von büchern, die es nie gegeben hat, doch das ist mir genug oder zu viel schon eigentlich. wie schnee, der monatelang liegen bleibt, obwohl ihn keiner mehr haben möchte, nicht einmal die kinder, auch wenn er am anfang noch recht hübsch war.

in meinen gedanken: kalte füße, heiße ohren, die ich dir abreißen möchte, immer wieder, aber

viel besser irgendwo zwischen vielen blumen liegen, alleine, musik im kopf oder filme vielleicht und erinnerungen an momente, die peinlich waren und heute lustig sind, und dieses bewusstwerden von leben, wie es passiert, einen moment bewusst werden, dass man halt einfach da ist, auch wenn dieses dasein irgendwo ist und eigentlich auch irgendwas, aber man hat haare und ohren, haut und gefühle.

das ist doch was. man ist ein teil von etwas großem anscheinend. das ist doch was und sollte doch eigentlich alles sein, was man braucht. mehr braucht man doch nicht, außer stefan seine bücher.

und in meinen gedanken:

genauso ein moment und in wahrheit, in wahrheit sitze ich auf dieser couch, wie auf einer insel, mit den socken und tetrapackkartons, und die vorwürfe sind schon wieder egal, denn, was sind schon vorwürfe und was ist schon die wahrheit.

irgendwelche leute wollen ständig irgendetwas von mir hören und ich frage mich, wer bin ich bitte, superman oder weihnachtsmann und eigentlich interessiert mich das alles gar nicht, denn in fünf jahren, oder spätestens in hundert, kann man sagen, das alles hat es nie gegeben, oder so tun zumindest, wie sonst auch. und vielleicht stimmt ja diese vorstellung, vielleicht, diese theorie, dass man beim sterben das ganze leben noch einmal vor sich sieht, langsam, fließend. vielleicht ist es so und vielleicht sind wir längst tot und sehen gerade genau das.

in meinen gedanken sind wir längst genau das.

biografie

ekaterina heider

geboren 1990 in irkutsk, russland, lebt seit 2001 in wien, 2010 erhielt sie den jugendpreis der *exil-literaturpreise*. seit 2011 studium am institut für sprachkunst der universität für angewandte kunst in wien. publikationen in anthologien der edition exil 2009 und 2010 und in literaturzeitschriften. startstipendium für literatur des bm:ukk 2012. hauptpreis der *exil-literaturpreise* 2012. „meine schöne schwester" ist ihr erstes buch.